近代「国文学」の肖像　第3巻

佐佐木信綱　本文の構築

近代「国文学」の肖像
第3巻

佐佐木信綱
本文の構築

鈴木健一 著

岩波書店

目次

略伝

一　はじめに

「うの花のにおう垣根に、時鳥早もきなきて、忍音もらす夏は来ぬ」と始まる「夏は来ぬ」という有名な唱歌がある（『新編教育唱歌集（五）』〈一八九六年五月刊〉に収録）[1]。じつは、作詞者は本書の主人公佐佐木《ささき》信綱《のぶつな》なのである。夏の到来を時鳥の一声によって知るのは、伝統的な和歌的美意識であり、明治時代になってから作られたこの唱歌にもその影響は色濃い。

そのような抒情的な唱歌の一方、信綱の作詞になるものとしては「勇敢なる水兵」「水師営の会見」といった軍歌もある。

「勇敢なる水兵」（『大捷軍歌（三）』〈一八九五年二月刊〉に収録）は、明治二十七年（一八九四）の日清戦争における黄海海戦について詠んでいる。五番には、「間近く立てる副長を、痛むまなこに見とめけん、彼は叫びぬ声高に「まだ沈まずや定遠は」」とある。

「水師営の会見」（『尋常小学読本唱歌』〈一九一〇年七月刊〉に収録）は、「旅順開城約成りて、敵の将軍ステッセル、乃木大将と会見の、所はいずこ水師営」という冒頭部分が示すように、日露戦争中の明治三十八年に、第三軍司令官乃木希典《まれすけ》と降伏したロシア軍司令官ステッセルが水師営（現在の大連市旅順の北西）で会見したことを取り上げる。信綱は、近代初期において、今日の国文学研究の基盤を創り上げたという点で、すぐれた業績がある国文学者の一人である。

その一方、元首である天皇をいただき、国民を臣民化して、覇権主義を推進させるという明治国家の施策の一環として国文学が利用されるという側面にも大きく貢献した人だった。

翻って、明治とは、日本が欧米列強に追い付くために、多くの日本人が努力した時代でもあったし、ナショナリズムが高揚し、軍国主義に突き進んでいく時代でもあった。物事には正と負と両面があり、それを冷静に見つめる必要がある。そして、時代同様、個々人にも正負両面があり、信綱も例外ではない。そもそも人間というものは多面的なものだし、また長い人生の中でさまざまな局面に立たされることもありうる。

本書では、今日において等閑に付されている観のある、佐佐木信綱の学問のありかたについて幅広く検証し、その今日的意義を具体的な論説を取り上げながら位置付けていくものであるが、如上のような論点についてもまずは踏まえておきたい。

二　略歴

信綱は、明治五年（一八七二）、佐々木弘綱《ひろつな》の長男として、東海道の宿場町石薬師《いしやくし》（現在の三重県鈴鹿市郊外）に生まれた。(2) 現在、この地には、佐佐木信綱記念館がある。

父弘綱（一八二八―九一）は国学者・歌人で、本居大平《もとおりおおひら》に国学を学んだ伊勢外宮の神職足代弘訓《あじろひろのり》の門人であり、幕末にはその名を全国に知られていた。著書には、『竹取物語俚言解』（一八五七年刊）などがある。

同十五年、十一歳の時、信綱は父に従って上京し、のちに御歌所長となる高崎正風《たかさきまさかぜ》に入門する。高崎正風（一八三六―一九一二）は、香川景樹《かがわかげき》門の八田知紀《はったとものり》に和歌を学び、明治天皇からの信頼も厚かった。旧派を代表する歌人と言える。正風の信綱に寄せる期待は大きかったが、信綱は旧派の歌風に飽き足りないものを感じて、その門を辞した。

図1　佐佐木信綱の生家

同十七年、十三歳にして、東京帝国大学文科大学古典科に入学する。木村正辞《きむらまさこと》（一八二七―一九一三）・飯田武郷《いいだたけさと》・小中村清矩《こなかむらきよのり》・外山正一《とやままさかず》らの講義を聴き、特に木村正辞の文献学的な万葉集研究には大きな影響を受けたらしい。同二十一年に卒業する。眼を病み医師に止められたため、高等学校、大学本科への進学は断念した。信綱著『作歌八十二年』（毎日新聞社、一九五九年刊）三七頁に、

> 幸いに齢若くて古典科を卒業したので、新たに一高の試験を受けて東大の本科に入学したく、英語をはじめ徐々に準備していたに、はやくからの六度の近視眼がいたむので眼科医にいったところ、今から六七年間の勉強は無理だろうとの意見に、絶望して家に帰り父に

話したところ、それならば、自分の常にいう民間にあって歌道の弘布と、歌学の研究につとめるがよいと励ましてくれた。

とある。

同二十三年、父と共編の『日本歌学全書』刊行を開始する。同三十一年には、単独の編集で『続日本歌学全書』刊行を開始した。

同三十一年、信綱主宰の短歌結社竹柏会《ちくはくかい》の機関誌『こころの華《はな》』(後に『心の花』と改題)を発刊する。竹柏会は、落合直文《おちあいなおぶみ》のあさ香社とともに和歌革新運動に寄与した。

同三十五年、イギリスの言語学者バジル・ホール・チェンバレン(一八五〇—一九三五)を箱根に訪ねる。信綱は、父弘綱と木村正辞とチェンバレンの三人を「わが生涯の三恩師」と慕っていた。(3)

同三十六年には、第一歌集『思草《おもいぐさ》』を刊行し、同年、中国に旅行する。これが唯一の海外体験となった。

同三十八年、東京帝国大学文科大学講師となり、昭和六年(一九三一)まで二十六年間勤める。ここでの講義によって『日本歌学史』(博文館、一九一〇年刊)、『近世和歌史』(博文館、一九二三年刊)などの著が成る。

大正六年(一九一七)、帝国学士院より恩賜賞を賜る。また、『明治天皇御集』編集のため御歌所寄人《おうたどころよりうど》になる。

同十二年、『校本万葉集』を完成させたものの、関東大震災のため原稿を焼失してしまう。わずかに校正刷二部が残された。同十四年、再び完成させて刊行した。

昭和六年、朝日賞を受賞し、同十二年には、第一回文化勲章を受章するなど、多くの栄誉を手中にした。

終戦の前年、同十九年に、熱海に移居した。

同三十八年、九十二歳で没している。

信綱については、『万葉集』を中心に多くの本文を発見・校訂し、和歌史を記述するという学問的な業績（前者は文献学、後者は文学史）と、歌誌『心の花』を刊行し、自身も歌人として活躍したのみならず、多くの後進を育てたという創作的な業績とがあると言えるだろう。

三　歌人としての活動

まず歌人としての業績について、簡単にまとめておこう。

『こころの華』を発刊した翌年の明治三十二年に開かれた竹柏会第一回大会で、信綱はその日の兼題――あらかじめ出された歌題――「春風」について、

　願はくはわれ春風に身をなして憂《うれひ》ある人の門《かど》をとはばや

と詠んでいる。春風のような暖かい気持ちで憂いに満ちた人のもとを訪れるというところに、結社を率いようとする使命感を見て取れるだろう。

主な門人を数え上げただけでも、石榑千亦《いしくれちまた》・川田順《かわだじゅん》・木下利玄《きのしたりげん》・新井洸《あらいあきら》・斎藤瀏《さいとうりゅう》・九条武子《くじょうたけこ》・柳原白蓮《やなぎはらびゃくれん》、また前《まえ》川佐美雄《かわさみお》・山下陸奥《やましたむつ》・五島茂《ごとうしげる》・安藤寛《あんどうひろし》・片山広子《かたやまひろこ》・栗原潔子《くりはらきよこ》・五島美代子《ごとうみよこ》といった歌人たちがいる。もちろん、時

期によって親疎があり、常にこれらの人々が門下に集っていたわけではないが、やはり信綱が近代短歌の重要な潮流の一つを形作ったことは間違いない。今日的に見ても、佐佐木幸綱や俵万智にまでつながっている系譜なのである。

竹柏会の結社としての目標は、信綱の「広く、深く、おのがじしに」ということばに集約されている。(4)「広く」とは、歌材についての謂いで、伝統的なものだけに限らず、広く求めようとする姿勢である。「深く」とは、対象を観察することも、出来上がった表現も、深みのあるものを目指すという態度である。「おのがじし」とは、歌人の個性を尊重するという価値観である。

ここでは、信綱の秀歌を八首鑑賞しておこう。

1　大門のいしずゑ苔《こけ》にうづもれて七堂伽藍《しちだうがらん》ただ秋の風　（『思草』）

2　幼きは幼きどちのものがたり葡萄のかげに月かたぶきぬ　（『思草』）

3　ゆく秋の大和の国の薬師寺の塔の上なる一ひらの雲　（『新月』）

4　人の世はめでたし朝の日をうけてすきとほる葉の青きかがやき　（『常盤木』）

5　山の上に立てりて久し吾もまた一本の木の心地するかも　（『豊旗雲』）

6　少女なれば諸頬《もろほ》につけし紅《べに》のいろも額の櫛も可愛《かな》しき埴輪《はにわ》　（『瀬の音』）

7　春ここに生るる朝の日をうけて山河草木《さんかさうもく》みな光あり　（『山と水と』）

8　ありがたし今日の一日もわが命めぐみたまへり天と地と人と　（『老松』）

1は、松尾芭蕉《まつおばしょう》の『おくのほそ道』の平泉における「三代の栄耀《えいえう》一睡の中にして、大門《だいもん》の跡は一里こなたに有り」以下を踏まえていよう。藤原氏が栄華を誇った大門の跡も苔に埋もれて、荒廃してしまった。その七堂伽藍の跡には、ただ秋風が吹くのみなのである。同じく平泉での芭蕉の絶唱「夏草や兵共《つはものども》が夢の跡」における、悠久の自然とはかない人間という対比が、この信綱の歌にも持ち越されている。藤原良経《ふじわらのよしつね》の「人住まぬ不破の関屋の板庇《いたびさし》荒れにし後はただ秋の風」(新古今集・雑中・一六〇一番)も参考歌として挙げられよう。そういう意味では、きわめて古典的な作と言える。

信綱の歌として最も知られるのは、この1歌と、同じく叙景歌の3歌ではないか。3は、「の」を繰り返すうちに「薬師寺」「塔の上」「一ひらの雲」と徐々に視点が上へと導かれていくところに一首の眼目がある。1・3歌ともに、ゆったりとした調べが読む者に心地よい。

2・6歌は、幼い者への暖かなまなざしが特徴的である。特に、埴輪の造型に少女の面影を見出そうとするところが斬新である。

5歌で、自分も一本の木になったようだとするところ、7歌で「山河草木みな光あり」と自然を賛美するところに、自然への同化がうかがえる。

自然への同化と連動するものとして、自然の一部として人間も生かされてあるという認識も生じる。4・8歌に、それは顕著である。4歌で、「人の世はめでたし」と言い切るところに、この歌人の素直な心情がよく表れているし、8歌にも、九十二年の人生を学者としても歌人としても充実して生きたことへの自足の念がよくうかがえる。

晩年の門人であった村田邦夫が指摘するように、「温雅な古典語を正確に用い、倫理的な姿勢を正して、まじめに詠む」歌風なのであり、「作品の底からにじんでくる堅実で肯定的な人生観、自然に対するおだやかな愛情とすなおな賛美、純正でよく抑制され、おちつきのある詞調の平明さ」こそが信綱の歌の命なのであった(5)。

逆に言うと、倫理的な枠組みにはまりすぎていて、どうしてもそこにとどまってしまいがちだ。もっと深いところにある美的なものには届かない、そんなふうにも思われてくる。与謝野晶子《よさのあきこ》や斎藤茂吉《さいとうもきち》に見出されるような意味での個性的な特質はないと言ってよいだろう。

旧派を批判し、和歌革新運動に与しつつ、結局は穏健な歌風を目指したとも見なせるだろう。言い換えれば、古典和歌から近代短歌への転換期に、積極的に革新派の側に立つというよりも、そういったものの方向性にも理解を示しつつ、保守的なものにかなりの軸足を置きながら、和歌の伝統性を継承することに努めた歌人なのである。ともすれば、それは負の評価を伴いがちなありかたなのかもしれない。しかし、それが結果的に古典和歌の持つよさ——共同性を基盤とする表現力——を失わせず、古典和歌から近代短歌への転換を無理なく行う潤滑油のような役割を果たしたのではないかとも思われるのである。旧派と新派が単純に対立していただけではない。むしろその中間に位置して、両者を橋渡ししつつ、全体的な流れを新しいものへと推進していく位置にいたのだと言える。

四　国文学者としての活動

さて、本書の主目的である信綱の学問のありかたについて、この後は検討していきたいと思う。

信綱の学問については、大きく分けて、以下の二点の功績がある。

第一に、文献的な整備を行ったことである。多くの本文を発見し、それに基づいて校本や校訂本を作成した。中でも、最大の業績は、『校本万葉集』の作成である。その基本的精神が、信綱の著書『国文学の文献学的研究』(岩波書店、一九三五年刊)の序論部分において語られる(第一章「文献学への視点」)。

第二に、和歌史を記述したことである。それまで明確にされてこなかったジャンル意識について自覚的に向き合い、特に和歌というジャンルを意識して、古代から近世までを一筋のものとしてつなげて歴史的な記述を施し、今日の和歌史の礎を構築した。代表作は『日本歌学史』である。本書を改訂・増補する形で、今日の和歌史、和歌文学研究は成り立っていると言えるだろう(第二章「和歌史の構築」)。

併せて、『万葉集』に対して情熱を注ぎ、万葉学というものを総体として打ち立てたことも高く評価されてよい(第三章「万葉学への情熱」)。

本書では、右の三つの論点を設定し、それぞれについて信綱の論説を具体的に掲げながら、考察していくことにしよう。

(1)　ここに掲げた唱歌・軍歌は、堀内敬三・井上武士編『日本唱歌集』(岩波文庫、一九五八年)に収められている。

(2)　信綱の略歴については、『佐佐木信綱文集』(竹柏会、一九五六年)所収「年譜」「編著書目録」、山崎敏夫編『明治文学全集』第六十三巻(筑摩書房、一九六七年)所収「年譜」をはじめとして、村田邦夫「佐佐木信綱」(『和歌文学講座』第八巻、桜楓社、一九六九年)、同「佐佐木信綱先生小伝」(『短歌入門』集文館、改訂新版一九八一年)などを参照した。詳しくは、本書巻末の略年譜を参照されたい。

（3）『作歌八十二年』一一七頁。信綱著『ある老歌人の思ひ出』（朝日新聞社、一九五三年）五四―五五頁には、

自分は、幼い時から父に歌の教を受け、古歌の暗誦を授けられ、万葉の歌に親しんでをつたので、父の後を継いで、自宅の講義に万葉集をも講じた。（中略）万葉集に就いて疑義のある時には、古典科時代に万葉集を講ぜられた木村正辞先生の根岸の邸を訪うて、屢々《しばしば》教を請うた。先生は、その度ごとに懇篤な指導を賜はつたのみならず、江戸時代末期から蒐収《しゅうしゅう》された万葉の諸本・学書のたぐひを、自分及び二三の人の為に、二回に亙つて全部土蔵から出だされ、一部一部に就《つ》いて、詳細な説明を加へられた。（中略）明治三十年代に、王堂チェンバレン先生から提撕《ていせい》（引用者注・後進の者を指導すること）を受ける機会を与へられた。（中略）爾来《じらい》自分は発憤して、和歌の歴史的研究に従事することとなつた。

とある。

（4）『佐佐木信綱文集』に「広く、深く、おのがじしに」という文章が載る（初出「歌に対する予の信念」『心の花』昭和六年八月号）。「「おのがじしに」とは、個性の動くままにといふほどの意である。一つの主義主張で拘束し、統一しようとするのではなく、作者各々その得る所に従つて進むべきであると思ふ」。「題材の「広さ」もまた、歌に必要である。限られた題材だけしか歌にならないといふ考は、とらない。風物、人事、情操、世相、思想、いづれも歌の題材にされねばならぬ」。「いかに個性の現れであつても、いかに題材は広くても、その歌に深みが乏しければ、人心を動かすことは出来ぬ」（同書二一六―二一七頁）。

（5）注（2）村田邦夫「佐佐木信綱先生小伝」二八〇―二八一頁。

第一章　文献学への視点

一　資料の発見

佐佐木信綱の研究業績として最も重要な一つが、本文の発見と、それに基づく校本や校訂本の作成であることはすでに指摘した通りである。ここでは、それらを概括的にまとめ、さらに、文献学というものについて信綱がどのような考えを抱いていたかを、彼の文章に即して考えていきたい。

信綱が発見し世に紹介した資料としては、どのようなものがあるのだろうか。ここでは、昭和二十三年(一九四八)六月、信綱が七十七歳の年に、喜寿の記念に歌誌『餘情』が「佐佐木信綱研究」として特集した第八集に掲載されている、林大《はやしおおき》の「学者としての佐佐木先生」という文章を手がかりにして、具体的なありかたを追ってみたい。なお、林大(一九一三―二〇〇四)は、国語学者で、国立国語研究所の所長をつとめた。

林は、「今先生によつて発見され先生によつて始めて学界に紹介された典籍を、いささか分類して掲げ」るとして、次のような書名を列挙する。なお、(イ)は「著作され書写されて以来学者の注意をひか」なかったもの、(ロ)は「所在が不明であつたもの」、(ハ)は「学問的価値の認められなかつたもの」であるという。

万葉に関するもの

（イ）万葉目録　秘府本万葉集抄　仙覚奏状《せんがくそうじょう》　伝壬生《みぶ》隆祐《たかすけ》筆本万葉集　嘉暦伝承本万葉集　西本願寺本万葉集

（ロ）元暦《げんりゃく》校本万葉集　天治《てんじ》本万葉集

（ハ）桑下叟万葉集聞書　万葉口伝大事

歌学に関するもの

（イ）歌経標式《かきょうひょうしき》真本　類聚証《るいじゅしょう》　六百番陳状完本　和歌大綱《わかたいこう》　寛文五年茂睡文詞《もすいふみことば》　古風小言《こふうしょうげん》　排芦小船《あしわけおぶね》

（ハ）県居集言録《あがたいしゅうげんろく》　歌道非唯抄《かどうひいしょう》　真言弁《まことべん》　北辺髄脳《きたのべずいのう》　哆南弁乃異則《たなべのいそ》　歌道解醒《かどうかいせい》　ひとりごち　去年《こぞ》の塵《ちり》　長歌《ちょうか》
玉琴《たまごと》

歌集

（イ）極楽願往生歌《ごくらくがんおうじょうか》　山家心中集《さんかしんちゅうしゅう》　聞書集《ききがきしゅう》　定家《ていか》所伝本金槐集《きんかいしゅう》　遺心和歌集　師説撰歌《しせつせんか》和歌集

（ハ）天降言《あもりごと》　月桂一葉《げっけいいちよう》

歌謡に関するもの

（イ）琴歌譜《きんかふ》　承徳本古謡集《しょうとくぼんこようしゅう》　古今目録抄中今様歌抄

（ハ）田植草紙　三嶋神社田祭詞及次第

日記

（イ）成尋阿闍梨母《じょうじんあじゃりのはは》日記　御物本更級《さらしな》日記　信生《しんしょう》法師日記　嵯峨のかよひ　御当代記

（ハ）十六夜《いざよい》日記原形本

右の書名について、それらを簡単に紹介しつつ、いくつかについては、それが発見された経緯などにも触れてみよう。なお、ここでは『佐佐木信綱文集』『国文学の文献学的研究』はそれぞれ『文集』『文献』と略称する。

1　『万葉集』

『万葉集』の本文を確定していく上で、元暦校本と西本願寺本を発見したことの意義はきわめて大きい。前者は、明治四十三年（一九一〇）に水野家の庫中から信綱が発見した。後者は、大正二年（一九一三）に西本願寺から京都の書肆に売り出されたのに接した信綱が貴重なものであることに気付いて高田の相川氏に購入を慫慂し、同六年には信綱自身の所蔵に帰した（『文献』三六・四八頁）。

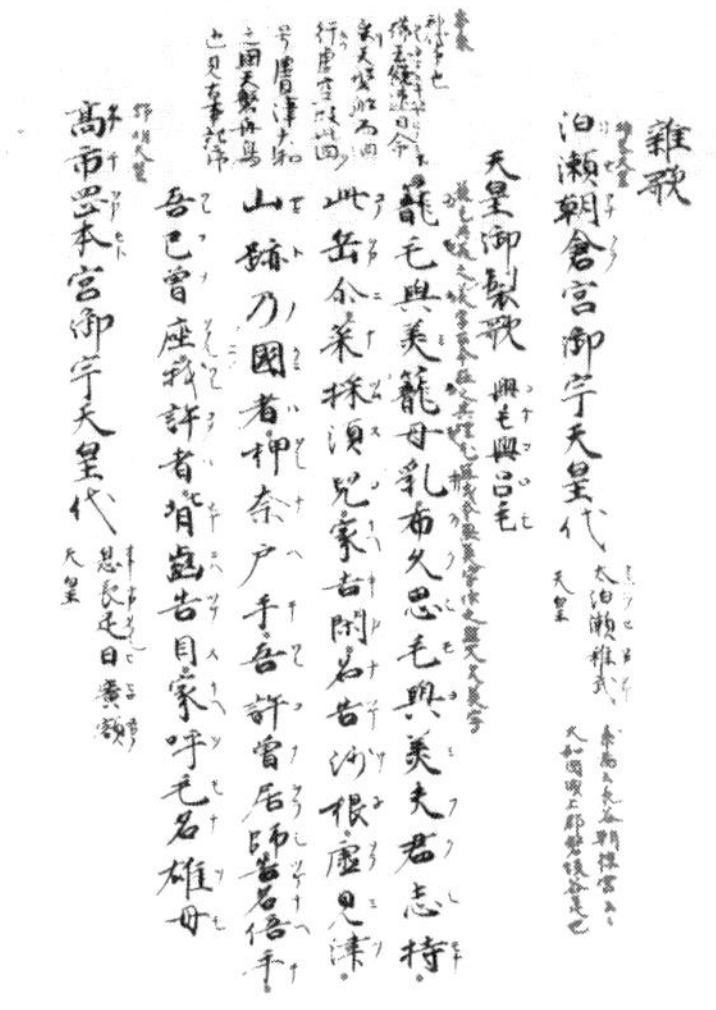

図２　西本願寺本万葉集

この二書の発見によって、『校本万葉集』の作成が可能になり、今日の万葉研究の礎が築かれたと言っても過言ではない。信綱の万葉学に寄せる情熱のさまざまについては後述することにして、ここでは神野志隆光氏が『万葉集』の諸本についてまとめた文章（『万葉集を読むための基礎百科』學燈社、二〇〇三年。『万葉集鑑賞事典』として講談社学術文庫に採録された。ここでは、後者二六五頁から引く）によって、元暦校本と西本願寺本の研究史上の意義を確認するにとどめたい（傍線は引用者が付した。以下同）。

万葉集の原本は現存しない。書き伝えられてきた本（諸本）を見合わせて、元来の本文を復原してゆくこととなる。いまのこっている最も古い本は平安時代中期に写された桂本である（巻四の一部、皇室所蔵）。ほかにも、藍《らん》紙《し》本、元暦校本、金沢本、天治本、尼崎《あまがさき》本、類聚古集《るいじゅうこしゅう》等、平安時代の古写本はいくつかあるが、部分的でしかない。そのなかで歌数の多いのは、元暦校本の二千六百首余り、類聚古集の三千首余りだが、全巻そろったかたちでのこるものとしては、鎌倉時代後期に写された西本願寺本が一番古い（御茶の水図書館所蔵。複製＝おうふう刊）。それゆえ、西本願寺本を土台（底本ていほん・そこほん）にして、諸本を見合わせて本文を定めること（校訂）が一般的におこなわれている。これらの古写本は複製本が作られているが、異同を一覧化した校本も作られている（『校本万葉集』）。

信綱の「古典籍の探求に就いて」（『文集』一八三頁）の中でも、「まづ冊数の多い元暦校本万葉集を捜索して、遂に十四巻本が水野家の庫中から発見された時は、実にわが生涯の喜びであつた」と記されている。[1]

信綱には、

　万葉集巻二十五を見いでたる夢さめて胸のとどろきやまず　（『銀の鞭』）

という歌もある。巻二十までしかないはずなのに、巻二十五を発見する夢を見る。なんという探究心だろう。

2　歌学

『歌経標式』は、宝亀三年（七七二）に成立した、現存最古の歌学書。藤原浜成《ふじわらのはまなり》（七二四―七九〇）撰。歌病・歌体などについて論じる。全体として中国の詩学を援用しているが、後世の歌学に与えた影響は大きい。

『類聚証』は、平安時代後期の歌学書。

『六百番陳状（顕昭《けんしょう》陳状）』は、建久四年（一一九三）に行われた『六百番歌合』の自詠に対する藤原俊成《しゅんぜい》（一一一四―一二〇四）の判詞に顕昭（一一三〇頃―一二一〇頃）が反駁した難陳状。

『和歌大綱』は、鎌倉時代の歌学書。

以下は、近世の歌学書。

『寛文五年茂睡文詞（寛文五年文詞）』は、歌人戸田茂睡（一六二九―一七〇六）著。「主あることば」「よむまじき詞」などの制詞に対する批判が展開されている。

『古風小言』も、古今伝受や制詞を批判するもの。賀茂真淵《かものまぶち》（一六九七―一七六九）著とされるが、大部分は加藤枝直《かとうえなお》『枝直児訓《えなおじくん》』と同文である。

『排芦小船（排蘆小船）』は、本居宣長《もとおりのりなが》（一七三〇―一八〇一）が宝暦九年（一七五九）頃に著した最初の歌学書であるが、後年「物のあはれを知る」説などに発展する見解がすでに見出せる。大正五年、本居清造の好意により、宣長の遺稿遺書類から発見した（『文献』一七七頁）。

『県居集言録』は、真淵の門人が編集したもの。

『歌道非唯抄』『真言弁』『北辺髄脳』『哆南弁乃異則』『歌道解醒』は、国学者富士谷御杖《ふじたにみつえ》（一七六八―一八二三）著。

『ひとりごち』『去年の塵』は、歌人大隈言道《おおくまことみち》（一七九八―一八六八）著。前者には、「吾は天保の民なり、古人にはあらず」という、伝統的な和歌的美意識からの解放を謳った有名な一文がある。

『長歌玉琴』は、神道家・歌学者六人部是香《むとべよしか》（一八〇六―六三）著。長歌の歌格について論じる。

3　歌集

『極楽願往生歌』は、西念作。康治元年（一一四二）成立の釈教歌。院政期の国語資料としても重要視される。同書を信綱が初めて見たのは、明治四十三年、京都府庁においてで、大森知事・藤崎事務官の計らいによる。そもそも建仁寺の塔頭大龍庵の藪地から発掘されたもので、府庁に保管しておき、そののち東京帝室博物館に送ろうとするところだったのである（『文献』一三四頁）。

『山家心中集』『聞書集』は、いずれも西行《さいぎょう》（一一一八―九〇）の私家集。後者は、享保二十一年（一七三六）に伊達吉村《だてよしむら》が京都で購入して以来、同家に収蔵されていたのを、昭和四年（一九二九）に黒板勝美・服部愿夫が見出し、それを信綱が調査することになった（『文献』一〇四―一〇五頁）。ちなみに、信綱は幼い頃、父に『山家集』を暗誦させられた（『文集』四三三頁）。

『金槐集』は、源実朝《みなもとのさねとも》（一一九二―一二一九）の私家集。その定家所伝本は、昭和四年に金沢市の松岡家において発見された（『文集』九五頁、『文献』一三〇頁、後述）

『遺心和歌集』は、明恵《みょうえ》（一一七三―一二三二）の私家集。大正十五年、藤波家にて発見（『文献』一〇八頁）。

『師説撰歌和歌集』は、室町時代後期の注釈書。木戸《きど》元斎《げんさい》著。

『天降言』は、田安宗武《たやすむねたけ》（一七一五―七一）の私家集。

『月桂一葉』は、桂門三才媛の一人柳原安子《やなぎわらやすこ》（一七八四―一八六六）の私家集。

なお、林は挙げていないが、野村望東尼《のむらもとに》（一八〇六―六七）の私家集『向陵集』も、信綱が紹介して世に出たものである（『文献』九八頁）。

4 歌謡

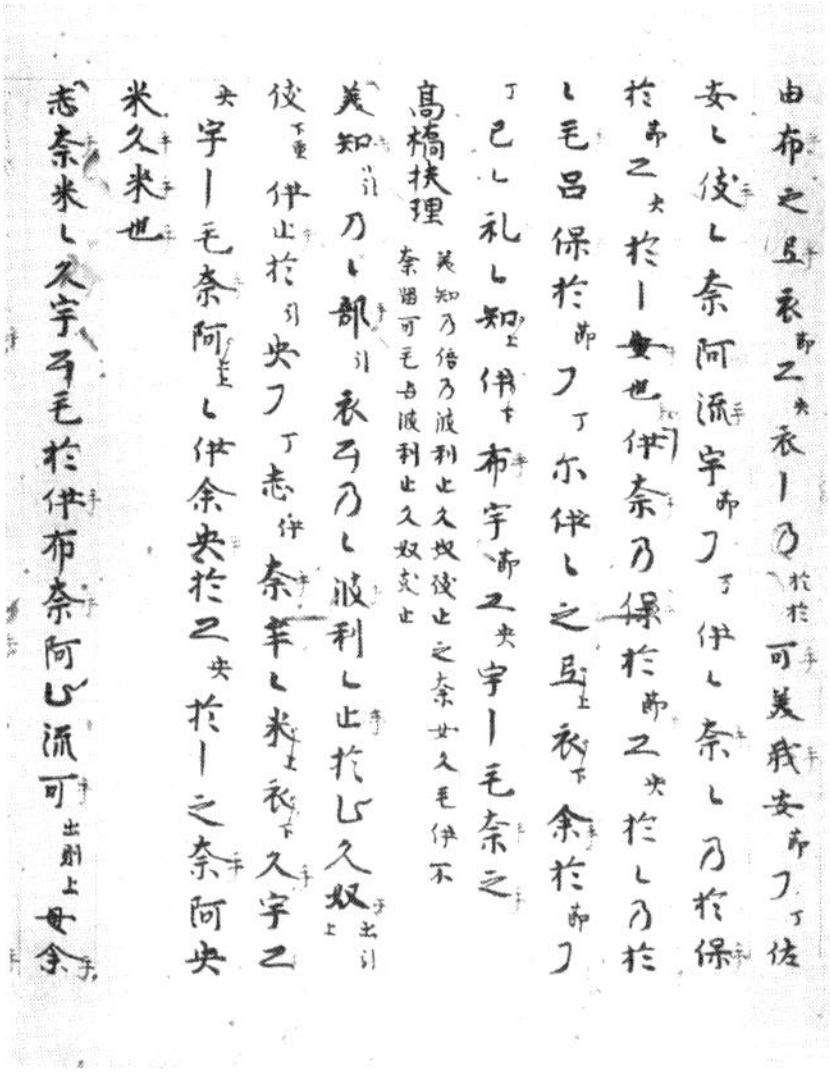

図3 琴歌譜

『琴歌譜』は、天元四年（九八一）に書写された楽譜付きの歌謡集。歌曲十九曲、歌数二十二首を万葉仮名で記す。そのうち十三首は他書には見られず、歌謡史、音楽史上、貴重な資料となっている。「古典籍の探求に就いて」（『文集』一八五頁）でも、「琴歌譜を、京大図書館寄託の近衛家の蔵書中に発見することを得たのは、元暦万葉についでの生涯の喜びであつた」と興奮を隠さない。同書を発見したのは大正十三年（『文集』一一八頁、『文献』二二二頁）。

この時信綱が詠んだ歌は、

天元四年書写の琴歌譜を見いでし日に
吾はもや此のうた巻を初《うひ》に見つ千とせに近く人知らざりし　（『豊旗雲』）

である。

『承徳本古謡集』は、平安時代中期に成立した古代歌謡集。東遊歌七曲、風俗曲二十七曲、神楽歌十六曲、計五十曲を収める。発見したのは、『琴歌譜』と同じく大正十三年に京大図書館寄託近衛家蔵書中より（『文集』一二四頁、『文献』二二八頁）。

『古今目録抄中今様歌抄』は、中世歌謡集。東京帝室博物館の御物より発見した（『文集』一四六頁、『文献』二六〇頁）。

『田植草紙』は、田植えの時に謡われる歌謡を書き留めたもの。中国地方、特に安芸・石見地方に古くから伝わるものが収録されている。

なお、林は挙げていないが、『梁塵秘抄《りょうじんひしょう》』も、発見したのは歴史学者・国文学者の和田英松《わだひでまつ》（一八六五―一九三七）だが、紹介したのは信綱である（『文集』一三一頁、『文献』二三九頁）。

5　日記

『成尋阿闍梨母日記（成尋阿闍梨母集）』は、叡山の僧で延久四年（一〇七二）に宋に渡った成尋（一〇一一―八一）の母（大納言源俊賢女《みなもとのとしかたのむすめ》）が、我が子に渡宋の決意を告げられてから渡宋後までの悲嘆の思いを綴ったもの。日記形式の私家集である。

『更級日記』は、菅原孝標女《すがわらのたかすえのむすめ》（一〇〇八—五九以後）著。少女時代に『源氏物語』に憧れた逸話から、晩年に見た夢の記事まで、多くの有名な場面で知られる屈指の平安日記文学。信綱がこれを宮内省において発見したのは、大正十三年（『文献』二八七頁）。犬養廉氏は、『日本古典文学全集18　和泉式部日記　紫式部日記　更級日記　讃岐典侍日記』（小学館、一九七一年）の解説（六二頁）の中で、次のように述べている。

『更級日記』の諸本には、古来いずれも錯簡とおぼしき本文の乱れが介在、読解の行く手を拒んでいた。現在、われわれがその復原本文を手にし得たのは、ひとえに佐佐木信綱・玉井幸助による定家筆御物本の発見とその研究に負うものである。すなわち、大正十三年七月、佐佐木が帝室御物中より定家筆の『更級日記』を発見、玉井が詳細に調査した結果、この錯簡が、往昔、この御物本補修の際の綴じ誤りによって生じたことを究明、初めて正しい本文の姿に復原したものである。このことはまた、現行諸本に共通の錯簡がすべてここに由来すること、すなわち現行諸本がいずれもこの御物本を祖とすることの証明でもあった。『更級日記』の研究は、まさしくここに始まったといってよい。

『信生法師日記』は、信生（塩谷朝業）の私家集。

『嵯峨のかよひ（嵯峨のかよひ路）』は、鎌倉時代の日記。文永六年（一二六九）、飛鳥井雅有《あすかいまさあり》（一二四一—一三〇一）が

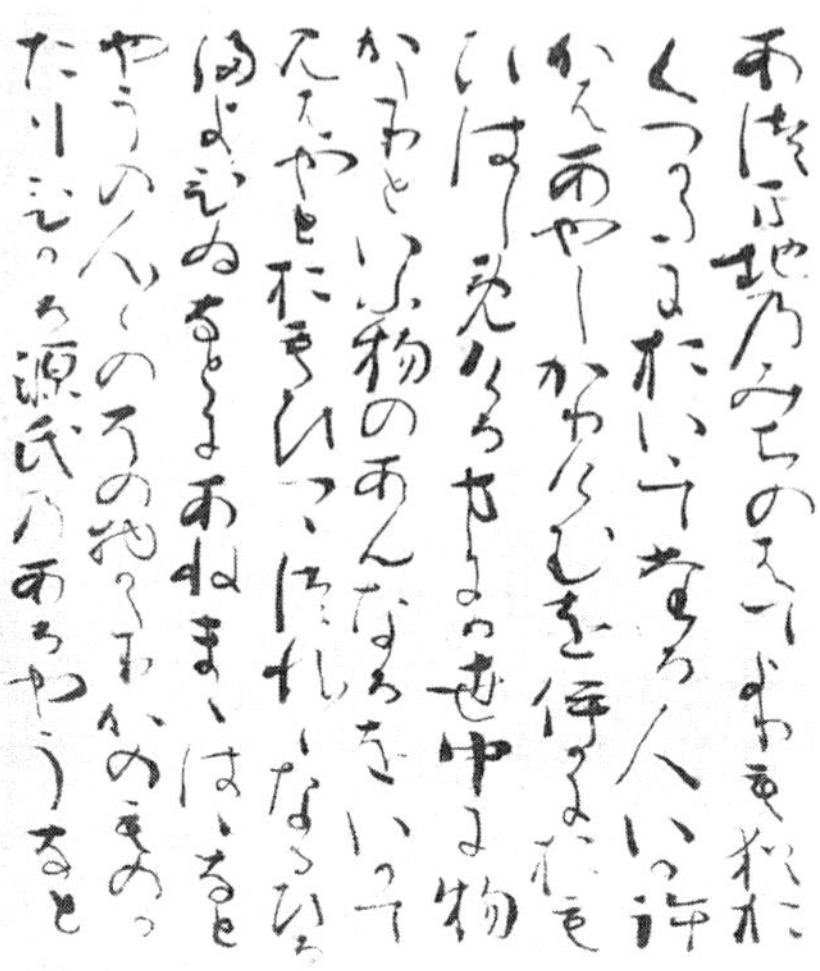

図４　御物本更級日記

嵯峨の山荘に住んでいた折に著した仮名日記である。

『御当代記』は、戸田茂睡著。延宝八年（一六八〇）から元禄十五年（一七〇二）までの記録。幕政や社会への批判が随所に見られる。

『十六夜日記』は、弘安二年（一二七九）、京都から鎌倉に下った際の日記・紀行文。阿仏尼《あぶつに》（？―一二八三）が著した。

右のうち、『万葉集』、歌学、歌集というように韻文が主となっていることに気付かされる。そもそも日本古典文学の中心には和歌文学が位置しているのだから、それも当然であろう。信綱は、それら韻文の伝統を近代において再構成した人なのだとも言えるのである。

なお、以上の多くは、明治末から昭和初期にかけて発見されたものだった。そういう意味では、東京帝大教授の国文学者芳賀矢一《はがやいち》（一八六七―一九二七。本シリーズ第一巻参照）が、明治時代になってドイツ文献学に基づいて提唱した日本文献学を実践していったのは信綱だったとも言えるだろう。

ところで、この時期、どうしてこのように文献の発見が可能になったのだろうか。想像されることとしては、明治三十八年に三十四歳で東京帝国大学の講師となり、同四十三年に『日本歌学史』を刊行したことなどによって、信綱自身が権威となりつつある時期であり、それに加えて、信綱の鑑定眼の確かさや熱意の大きさもあって、それが可能になったのではないかということが指摘できる。そういう状況が汲み取れる例の一つとして、『作歌八十二年』一八〇—一八一頁から、昭和四年、五十八歳の時に定家所伝『金槐集』を発見した際の記述を挙げておきたい。

五月初旬、日には十日夜には九夜を北陸の旅に赴いた。二日の夜出立、三日金沢にて下車すると、四高の鴻巣盛広教授、中島県立図書館長が迎えに出ておられた。公園のみよし庵に小憩して、午前に松岡家を訪うた。それは、この三月に、松岡家から上述の名宝展覧会に春日万葉切を出品したいということであったので、喜んで、出品せられよといい送ったに、やがて数葉を携えて上京した使の人が、いま一葉、廿巻の巻末で年号のある所のは掛物にしてあるゆえ持って来なかったという。巻末、ことに年号のある処ならば是非みたい。幸い来月は北陸の万葉旧蹟めぐりにゆくゆえお伺いする。それで勝手がましいが、近親や知友の方々の家の古典籍古筆の類をも同時に拝見する機会が与えられたいと依頼したのである。（中略）古い箱に入った綴葉《てっちょう》本をとうでて見ると、題簽に金槐和歌集とあるは本文とは別筆で、本文の初め数葉は定家が書き、あとを女の人に写させたものである。夢ではないかとしずかにひらいて巻末を見ると、「建暦三年十二月十八日」と定家の筆でかいてある。建暦三年は実朝廿二歳の冬である。従前は、金槐集の金は金玉集、金葉集の類のたたえ詞に鎌倉の金偏をよそえ、槐は大臣の義、実朝世を去った後に侍臣があつめたものと思うていたに、廿二歳の冬に、おそらくは後《ご》鳥《と》羽《ば》上皇に上《たてまつ》ったものを、定家が家にのこすと、初め数葉を自らかき、あとを家人に写さしめたものとおもわれる。さすれば将来廿八歳の正月まで五年と一カ月の歌稿が出ぬとはいえぬ。実に尊いものであると感嘆時を久しうした。

「とうで」は、「とうづ(取う出)」の連用形。

右からは、信綱が現地の教授や図書館長から迎えを受けるほどの権威となっていたこと、信綱が情熱を持って新しい資料がないかどうか依頼していたこと、発見した時にじつに感激したこと、などが伝わってくる。

また、これらが発見された要因としては、時代的にも、近代の始発から三、四十年が経ち、身分の変動や経済の推移などによって、古写本が市場などに出やすい社会状況が生じていたこともあるのかもしれないが、その分析は私の手には余るので、これ以上探究しない。

いずれにしても、資料を博捜し、網羅的にそれらを把握し、古典のありかたの全体像を見出そうとする、それこそ信綱の根本的な行動原理なのだった。

二　本文の提供及び校本の作成

以上のような資料発見の積み重ねと併行して、『日本歌学全書』『校本万葉集』『日本歌学大系』など、信頼に足る和歌・歌学の本文を提供するという業績も立ち上げられていく。

1　『日本歌学全書』

信綱が十九歳の時、明治二十三年(一八九〇)に、父弘綱とともに校注者として博文館から刊行したのが『日本歌

学全書』である。（2）

主な内容は以下の通りである。

第一編　古今集　貫之《つらゆき》集　躬恒《みつね》集　友則《とものり》集　忠岑《ただみね》集
第二編　後撰集　元輔《もとすけ》集　能宣《よしのぶ》集　順《したごう》　集　天徳内裏歌合《てんとくだいりうたあわせ》
第三編　拾遺集　公任《きんとう》集　紫式部《むらさきしきぶ》集　清少納言《せいしょうなごん》集
第四編　後拾遺集　相模《さがみ》集　経信《つねのぶ》卿母集　高陽院《かやのいん》歌合
第五編　金葉《きんよう》集　詞花《しか》集　堀河《ほりかわ》百首
第六編　千載《せんざい》集　永久《えいきゅう》百首　忠度《ただのり》集　後京極摂政《ごきょうごくせっしょう》百番自歌合
第七編　新古今集　鴨長明《かものちょうめい》集　自讃歌
第八編　林下集《りんげしゅう》　頼政《よりまさ》集　山家集　金槐集
第九―十一編　万葉集
第十二編　悦目抄《えつもくしょう》　無名抄《むみょうしょう》　新学《にいまなび》　新学異見《いけん》　歌がたり　歌袋《うたぶくろ》　しらべの直路《ただじ》

第一―七編は、八代集（勅撰和歌集）と私家集・歌合・百首の組み合わせになっている。第八編は、私家集のみ。第九―十一編は、『万葉集』で、第十二編は歌学書である。

明治二十三年四月以降やはり博文館から刊行が開始された『日本文学全書』（落合直文・小中村義象《こなかむらよしかた》・萩野《はぎの》由之《よしゆき》校注）

が好評であったため、同年十月から毎月一冊ずつ刊行されたのである。簡単な注があって読みやすかったこと、携帯しやすかったこと、一冊二十五銭と廉価だったことなどによって、おおいに売れた。

明治二十三年は、その前年に大日本帝国憲法が発布され、この年に最初の帝国議会が召集され、また教育勅語も発布されるなど、近代国家の体制が確立した年であり、また国民国家を生み出すための古典文学という位置付けが明確になった年でもあった(3)。

なお、版元の博文館は、『日本歌学全書』刊行の三年前の明治二十年に、越後長岡出身の大橋佐平によって創業され、薄利多売を旨とし、明治三十年代から大正初年にかけて日本の代表的な出版社であった。特に総合雑誌『太陽』の成功は、同社の出版界における地位を不動のものにした。『帝国文庫』などの叢書も多分野にわたって刊行している。

信綱の著作のうち、博文館から刊行されたものとしては、『日本歌学全書』以外に、『日本文範』(一八九〇年刊)『千代田歌集　第二編』(同)『歌の栞』(一八九二年刊)『千代田歌集　第三編』(一八九三年刊)『支那征伐の歌』(一八九四年刊)『征清歌集』(同)『少年歌話』(一八九七年刊)『続日本歌学全書』(一八九八―一九〇〇年刊)『思草』(一九〇三年刊)『露西亜征討の歌』(一九〇四年刊)『歌学論叢』(一九〇八年刊)『日本歌選　上古之巻』(一九〇九年刊)『日本歌学史』(一九一〇年刊)『新謡曲百番』(一九一二年刊)『新月』(一九一二年刊)『近世和歌史』(一九二三年刊)などがある。和歌に関わる重要な学術書から戦意を鼓舞する歌集まで、じつにさまざまな内容が含まれていることがわかる。逆に言うと、博文館という出版社が果たした役割の広汎さを感じ取ることもできるだろう。

さて、ここで信綱が著した『日本歌学全書』「はしがき」を引こう。

歌は我国《わが》風にして、神代より今にいたるまでつたはりつゝ、かけまくもかしこき皇統と共に絶《たゆ》る時なく幾《いく》千々《ちぢ》の末の世かけて栄えゆくべき道なれば、①わが国人としてよまざるはあかぬわざなり。早く道に入《いり》て名を千載に留《とど》むべし。

京極黄門の、②歌はよむ事の難きにあらず、よくよむ事のかたきなりとのたまひつるは、万世の格言といふべし。其よくよまんには撰集・家集・歌合・百首のたぐひをよく見て、道にすゝむべきなり。

撰集は、歌のめでたきはいふもさらにて、姿・詞の代々にうつろひゆくさまを知り、又撰者の好む心々をも見るべき也。

家集は、人々の思ふ事を飾らずつくろはず有《あり》のまゝによむに、おのづから其《その》人々の本性顕はれていとをかしき物なり。又、歌は自在によまるゝ事も知らるゝなり。

勅撰は、其自在によみし中より姿・詞の清く美《うる》はしきを撰びたる物としるべし。

歌合は、歌の勝劣を知るのみならず、歌にさま〴〵の法則ある事、難陳又判詞にてしらるゝなり。

百首は、其代の有さま、又人々のよみ口をしるは、これにまされるものなし。

前条の書ども、写本は更にて板本すら今はいと稀に成《なり》ゆきたれば、こたびさる書をあつめて歌学全書と名づけ、なべての人に得させ、③よくよむ人をあまた世に出さしめ歌の道をいや盛にせさせんと思ひて、此書は物せるなりけり。

昔の印本には誤字脱字多かれば、諸本にくらべみてよろしと思ふをことわりて上に記しつれど、猶《なほ》よき写本を得ざればよみえがたくときえがたき所のあるはいとあかぬ事なりかし。

標註は古人の説さては自の考をもまじへたれど、所せくて委《くは》しうはえかゝず。又④父は事繁くて大方はおのれにまかせたれば思ひ誤れる事どもあまた有べし。

この書は八代集を限としさかのぼりて万葉集をのせたれば、⑤近き世の書なきをいぶかしみ思ふ人もあるべけれど、そは此十二巻を書をへて後、さしつぎに物して全書の名を全くすべくなん。

傍線部①③からは、信綱がこの叢書を鑑賞のためではなく、詠歌制作のためのものと考えていたことがわかる。傍線部④には、父弘綱は多忙のため、信綱が主に標註（欄外に記した注）に従事したとある。弘綱は東大古典科創設とともに講師になっていた。明治二十四年、すなわち『日本歌学全書』刊行開始の翌年には六十四歳で没しているので、この頃すでに体調が思わしくなかったのかもしれない。

傍線部⑤には、この叢書では八代集までしか載せないこと——鎌倉初期までの歌しか収録しないこと——に関連して、続けて近い時代の歌も収録したい旨が記されている。このことは、信綱単独編集の『続日本歌学全書』が、正編刊行の八年後に当たる明治三十一年から同三十三年にかけて博文館から刊行されることによって実現した。

その内容は、以下の通りである。

第一・二編　　賀茂真淵翁全集

第三編　本居宣長翁全集
第四・五編　香川景樹《かがわかげき》翁全集
第六編　小沢蘆庵《おざわろあん》翁全集
第七・八編　近世名家家集
第九編　近世長歌今様歌集
第十編　桂園門下家集
第十一・十二編　明治名家家集

なお、傍線部②の定家の言とされている文章は、藤原基俊《もととし》著に仮託された鎌倉時代の歌学書『悦目抄』に載る。同書の記述は他書からの引用がほとんどであることを信綱が明らかにしている(『国文学の文献学的研究』一四〇頁)。

この項の最後に、『日本歌学全書』、特にそこに収められた『万葉集』がいかに当時の歌人や知識人に大きな影響を与えていたかについて確認するために、いくつかの記述を引用しておこう。

森鷗外《もりおうがい》(一八六二―一九二二)は、明治三十七年、日露戦争に出征した際、信綱が餞別として贈った『日本歌学全書』の『万葉集』を携えて行った。信綱に送られてきた戦地での写真には、鷗外の傍らにそれが写っていたという。信綱著『明治文学の片影』(中央公論社、一九三四年刊)一九五頁には、

座右に積まれた書の中には、出征に際して、自分が贈つた歌学全書本の万葉集をおいてあるのが写つて居ると

図5　奉天での森鷗外（『明治文学の片影』より）

いはれた。これに就《つ》いては思ひ出がたりがある。餞別に何をかお贈りしたいがと話したところ、暫《しば》らく考へてをられて、万葉集の活版本の素本《すほん》を、とのことであつた。さて言はれるには、戦地で読むには、小説の類はよくない。いつも一気呵成に読んでしまふ習ひなので、用事の起《おこ》つた際にこまる。かつ二度三度繰返して読むといふやうな小説はまづ無い。それに反して、歌の集は一首一首で完結してゐるから、いつでも読み止めてよい。また万葉のごときは、何回繰返して読んでもよいからとのことであつた。

とある。鷗外は『校本万葉集』成立にも大きく貢献した（後述）。

明治から昭和まで長く論壇で活躍した長谷《はせ》川《がわ》如是《にょぜ》閑《かん》（一八七五―一九六九）は、大正四年（一九一五）に著した「私の履歴書」の中で、

私が中学時代に『万葉集』を読み出したころは、佐々木弘綱と信綱の父子の手で、博文館から活字本の『歌学全集』が出されて、その活版本の『万葉集』で、私は学生時代に初めて「万葉」にふれたのだった。[4]

と述べている。

折口《おりくち》信夫《しのぶ》（一八八七―一九五三）は、その著『近代短歌』（河出書房、一九四〇年刊）の中で、

> こゝで、従来木板活字本、或は「略解《りゃくげ》」（引用者注・加藤千蔭《かとうちかげ》『万葉集略解』）、稀に「考」（引用者注・賀茂真淵『万葉集考』）などに拠《よ》つて見ることの出来た万葉集は、一冊二十五銭すべて七十五銭を払へば、読むことが出来るやうになり、簡明な頭註もついてゐて、念書人を喜ばしたこと一通りではない。此意味において、弘綱父子の万葉普及の功労は記憶せらるべきだ。(5)

と述べている。武田《たけだ》祐吉《ゆうきち》（後述）宛の大正五年一月末の書翰にも、

> どうしても新訳万葉をこしらへて早く旅に出ようと思うてゐます。都合によつて七からはじめました。佐々木さんの歌学全書を底本にしてかゝつて字も独断でなほしたりしてゐます。注釈は一切見ませぬ。人の考へてゐさうでない穴を穴をとねらうてゐますので異説万葉でも出来さうです。(6)

とある。

明治時代に最も売れた『万葉集』は、『日本歌学全書』のそれだった。そのことが、『校本万葉集』制作へとつながっていくのである。

2　『校本万葉集』

『校本万葉集』(校本万葉集刊行会、一九二五年刊。岩波書店、一九三一年刊)は、寛永二十年(一六四三)版本を底本として、諸本の本文や訓の校異を記したものである。

「スケール及び精確度は無比であり、文科系学問の基礎研究の範として研究の一大金字塔と言い得る」(『国文学研究書目解題』〈東京大学出版会、一九八二年〉一七六頁、石塚晴通氏の解説)という評価は過褒ではない。

橋本進吉《はしもとしんきち》・千田憲《せんだけん》・武田祐吉・久松潜一《ひさまつせんいち》らも協力しており、この五人の共編となっている。橋本進吉(一八八二—一九四五)は、東京帝国大学教授。国語学者として、上代特殊仮名遣いについての画期的な業績がある。千田憲(一八八九—一九七四)は、東京府立第三中学校(現在の都立両国高校)教諭を経て、後に神宮皇学館・京都女子大学教授。武田祐吉(一八八六—一九五八)は、國學院大學教授。上代文学研究者。『万葉集校訂の研究』『万葉集全註釈』などの著がある。久松潜一(一八九四—一九七六)は、東京帝国大学教授。『日本文学評論史』などの著がある。

刊行までのさまざまな経緯は、第三章でさらに具体的に触れることにして、ここでは、同書の冒頭に掲げられる「本書編纂事業の由来及経過」の最初の部分だけを掲げておこう。これによって、内容や制作過程のおおよそを知ることができる。

古典の根本的研究はその本文の吟味からはじまり、本文の吟味は諸本の対校にはじまる。実に校勘《かうかん》は古典研究の基礎であつて、必《かならず》経《へ》なければならない段階である。しかも、この事たる、多くの有力なる異本を索《もと》め得

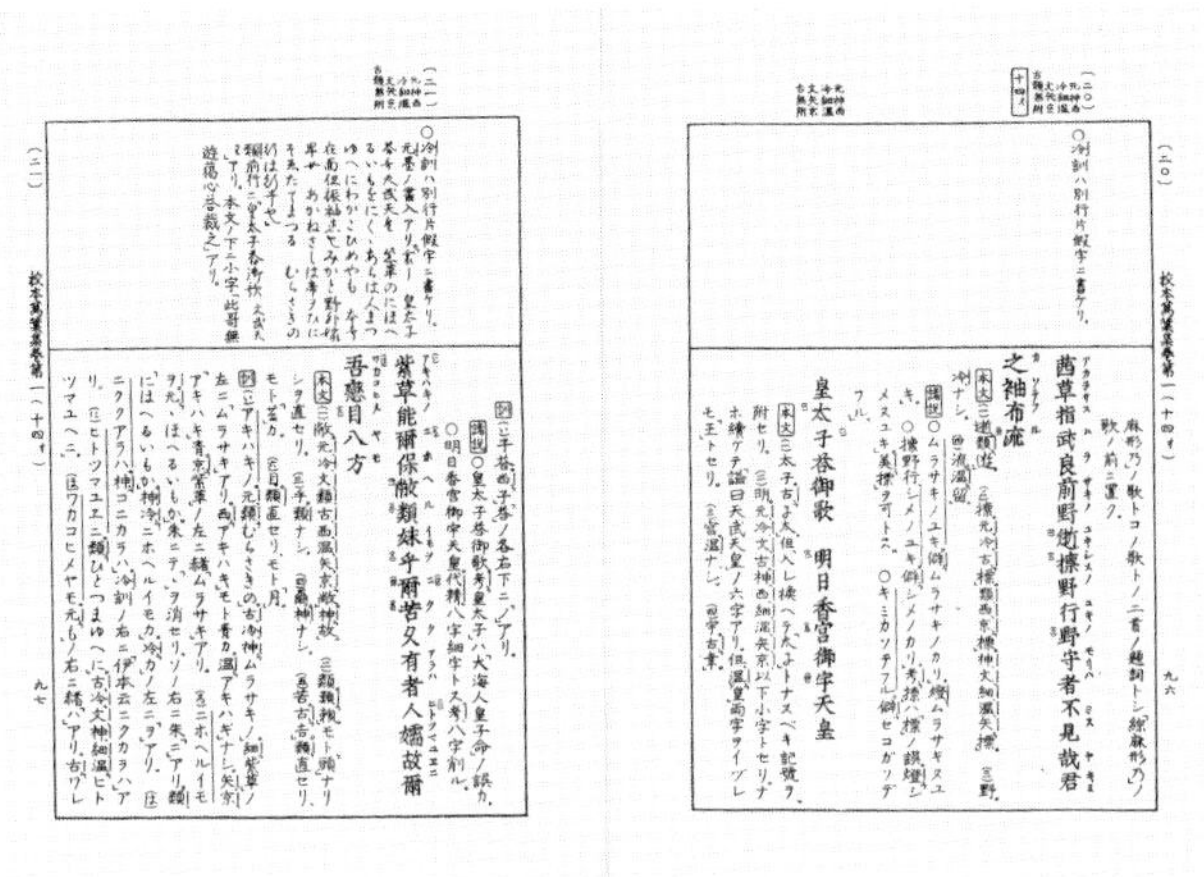

図6 『校本万葉集』

る事が困難であるのと、多くの時間と非常なる労力を要するとの為に、容易に企て難く容易に成しがたい事であつて、古来この方面に力を注ぎ、相当の成績を挙げたものはあまり多くない。我が古代国民の精神生活をうかゞひ、その衷心《ちうしん》の声を聞くべき宝典として、又当時の百般の事物や社会の形相を研究するに欠くべからざる資料として、幾多の学者の討究の的となつた万葉集に於《おい》ても、その比校の事にいたつては、既に平安朝の昔から之《これ》を試みたものがあつたとは云へ、みづから多くの異本について対校し、見るべき成果を挙げたものは極めて少く、その著しいものとしては、僅《わづか》に鎌倉中葉の学僧仙覚《せんがく》と江戸中期に於ける水戸徳川家及契沖《けいちう》とがあるに過ぎない。その校合《けうがふ》に用ゐた諸本は、仙覚の時のは有力な古写本も少くなかつたやうであるが一も伝はらず、水戸家及契沖の時のは後世の写本ばかりであるが、それも或は逸し或は近年まで隠れて居た。契沖以後江戸時代に於ても、古葉略類聚鈔や元暦校本万葉集、天治本万葉集の如き古本が出て、二三の学者が之を校勘の資料に用ゐたけれども、後には何れもその所在が不明に帰したやうな有様であつた。しかるに明治維新の前から明治にかけて、故文学博士木村正辞氏が万葉集に心を尽《つく》し、その異本をさぐつて校合を試み、自らも種々の異本を蒐集《しうしふ》し所蔵せられたが、明治の後半、ことにその末葉に及んで、御府及搢紳《しんしん》又は名家の文庫から有力なる古写本が続々発見せられた。即《すなはち》、天治本、藍紙本、金沢本、元暦校本、嘉暦伝承本、伝壬生隆祐筆本、類聚古集、古葉略類聚鈔などであつて、何れも平安朝又は鎌倉時代の書写にかゝる異本、又は異本に準ずべき類聚の書であつて、未だ嘗《かつ》て学者の目に触れなかつたものか、又は一度出現してその後所在を失したものである。

佐佐木信綱はかねて万葉集の研究に志し、その異本や研究書の探究に怠らず、明治四十三年三月には、京都福井氏からまだ世に知られなかつた天治本一巻を発見し、同年五月、東京水野子爵家から、既に失はれたものと考へられて居た元暦校本十四巻を捜《さぐ》り得たのであるが、かやうに有力な古本が続々世に出《い》づるを見て、此等の諸本を比校して万葉集の定本を作りたいとの願望を起《おこ》したが、かやうな事業は多大の労力と費用を要し、到底、私人又は書肆《しょし》の業としては企て難いものであり、且《かつ》、性質上国家の事業として然《しか》るべきものであるから、公の機関によつて行はるべきものと考へ、その希望を学界の有力者に開陳する所があつたが、明治四十五年文部省文芸委員会に於て同会の事業として万葉集定本を編纂する事となり、同年七月十日、佐佐木信綱、橋本進吉、千田憲の三名が、その編纂を嘱託《しょくたく》せられた。これが校本万葉集編纂事業の起源である。

定本編纂の嘱託を受けた前記の三名は、協議の結果、大体の方針を次の如く定めた。

一　まづ万葉集の校合本を作る事

二　校合は平安朝の写本からはじめる事

三　校合の底本としては寛永二十年版万葉集を用ゐ、これと諸本とを対校して、相違の点を記入する事

事務の分担については、佐佐木信綱は大体を綜攬《そうらん》して、諸本の探索発見につとめると共に、諸方面との交渉

の任に当《あた》り、専ら事業の進捗に力を尽し、千田憲及橋本進吉は諸本校合の事に当り、千田憲まづ諸本を校して底本に記入し、橋本進吉、再《ふたたび》之を校して誤脱を補訂する事とした。

明治の末に有力な『万葉集』の諸本が発見されるに及び、本文を校合し、定本を作成することが目指された。信綱は、全体を統括し、資料探索につとめ、渉外を担当した。実際の作業は、橋本と千田がまず担当したのである。なお、昭和五十四年(一九七九)以降、佐竹昭広・木下正俊・神堀忍・工藤力男らの各氏によって新増補版が刊行されており、さらに別冊として、新出資料の廣瀬本の影印も平成六年(一九九四)に刊行されている。また今日でも、『万葉集』伝本についての研究はさかんに行われており、『校本万葉集』の内容はさらに発展的に改められていく可能性がある。(7)

3　『日本歌学大系』

『日本歌学大系』(文明社、一九四〇―四三年刊。風間書房、一九五六―六四年刊)は、歌学書の翻刻叢書である。続巻は久曾神《きゅうそじん》昇《ひたく》(愛知大学教授、一九〇九―二〇一二)との共編になっている。

正編の第一―五巻には、古代から中世までの代表的な歌学書を収め、第六―九巻には、近世のそれを収める(第六巻は堂上、第七―九巻は地下)。第十巻は総索引である。

第一巻の序文を引く。

吾が国の歌学は、その淵源極めて遠く、而《しか》して、斯学に関する述作、亦その巻帙浩瀚にして、人をして望洋の感あらしむ。先人夙《はや》く日本歌学全書十二巻を編し、明治の学界に寄与する所ありき。予また遺志を継ぎて、続日本歌学全書十二巻、及び和歌作法集一巻を編したりしが、国文学の研究の進歩と共に、その後新たに発見せられたる資料また古鈔善本の世に出でたるもの尠《すくな》しとせず。明治時代の歌論の書にして、現代歌壇の盛運を生める所以を見つべきもの亦顔る多し。しかもそれらを集大成せる書の出でざることは、たゞに歌学研究者の為のみならず、わが国文学の研究、延《ひ》いては広く日本文化研究の為に、甚《はなは》だ遺憾なりといはざるを得ず。

今茲昭和十五年は、吾が国民の為に最も光栄とすべき紀元二千六百年にして、また予の為には先人の五十年に当《あた》れるをもて、一は佳き年の記念とし、一は先人の霊に献《ささ》げて歌学研究の今日の盛を告げむと、新たに二百余部を編纂して、歌学大系十巻となす。蓋《けだ》しわが歌学書中の良書は、悉《ことごと》く収めてこの中にありといふに庶幾からむか。

右によれば、『日本歌学全書』正・続以後に発掘された歌学書の善本を集大成して、紀元二千六百年を祝し、併せて父弘綱の五十回忌の記念とすることが企図されている。

全二十巻が完結した平成九年(一九九七)、二月二十三日付の『毎日新聞』書評欄で、丸谷才一がこの叢書について取り上げて、称揚している。

『日本歌学大系』全二十巻(正編十巻は佐佐木信綱編、久曾神昇校訂解題、別巻十巻は久曾神昇編)は一九四〇年に刊

行がはじまった叢書だが、本年ようやく完結した。じつに五十七年がかりの大事業である。編者と風間書房の功績をたたえよう。

と言うのには理由がある。最近は角川書店の『新編国歌大観』、明治書院の『私家集大成』、それに岩波書店『新日本古典文学大系』の八代集と、王朝和歌関係の基本的出版が盛んだが、こうなる前の長い時期は『日本歌学大系』だけだった。そしてこの孤灯を守る努力があればこそ、やがて王朝和歌は広い範囲の読書人に注目されるようになったのである。たとえば筑摩書房『日本詩人選』の著者たちはこの叢書のおかげでずいぶん調法したはずだ。

宮廷は勅撰集によって文化的に統治した。王朝和歌は日本文学の中心で、物語も俳諧もこれに由来する。この叢書は主要な歌論と秀歌撰を網羅して、日本文学を解く鍵の集大成になっている。

念のため付け加えておくと、「『日本歌学大系』だけ」ということはなかった。国民図書の『校註国歌大系』、朝日新聞社の『日本古典全書』、岩波書店の『日本古典文学大系』などでも和歌関係の作品は充実していた。ただ、『日本歌学大系』に重要な歌学書がほぼ収められていて、使いやすかったことは紛れもない事実であろう。

個人的な思い出としては、私自身、大学院生だった頃(一九八〇年代)、専門分野である近世堂上の歌論を学ぶために、韋編三絶になるほど『日本歌学大系』第六巻を読み込んだ。その後、平成九年に『近世歌学集成』(明治書院)が出て、よりよい本文で読むことができるようになったが、それまで近世堂上歌論は『日本歌学大系』第六巻でないと、まとめて読むことはできなかったのである。

三　文献学に対する信綱の考え

ここまでは、日本文献学なるものが芳賀矢一によって提唱され、その本格的な実践としての本文発見、校本・校訂本作成が佐佐木信綱によってなされたという研究史的見取り図を、具体例に基づいて描いてみた。

今度は、そういった文献探究を重視する研究方法について、信綱自身がやや抽象度を高めて論じた文章を紹介してみたい。『国文学の文献学的研究』（岩波書店、一九三五年刊）「序論」（一―一七頁）の全文を掲げる。

一

吾等現代日本人の文化は、吾等の祖先が年久しく築き来《きた》つた文化の発展であり、また吾等の子孫がこれを継承し、発展してゆくべき文化の基礎である。吾が国文学の研究は、吾が国民的自覚を鞏固《きやうこ》にし、国民的活躍の原動力たる精神生活を充実したものとする為めに、上は吾等の文化の淵源たる祖先以来の精神生活の特質を明らかにし、下は吾等の文化の発展たるべき子孫の文化を指導するに必要な方法の一つである。いひかへれば、国文学研究の目的は、吾が日本民族が祖先以来産み成した多くの文学作品をとほして、吾が民族の精神生活の特質、並にその変遷を理解するといふことである。その研究は、日本精神の研究たる他の学問と相俟《あひま》つて、わが民族が将来益々発展し、活動するための基礎的知識を与へるものとして、必要欠くべからざるものである。

かうした目的と必要とを持つ国文学の研究は、すでに夙《はや》く平安朝時代に起《おこ》り、殊に江戸時代に入つて、いよいよいよ盛んに行はれた。吾人が今日の研究も、多くはそれら先達諸学者の賜《たまもの》であつて、その努力に対しては、深く厚き敬意と感謝とをささげてをる。しかし、明治時代以後新たにせられた学問的態度から見れば、研究資材の探究に就《つ》いても、その資材の見方、取扱ひ方に就いても、それらの研究で満足することの出来ぬものが、なほ多く残されてゐることが知られた。そこに、明治時代以後の学者の新研究が興《おこ》つて来たのである。江戸時代の学者が、主として訓詁《くんこ》注釈的研究により、国文学に基礎的努力をささげたのに対し、明治時代以後の学者は、その訓詁注釈的研究を基礎として、国文学の内容的研究に進んだのであつた。

しかして、一般の学問的精神がいよいよ精緻と厳密とを極めるに及んで、国文学の研究に於《お》いても、更に新たな学風が興つて来た。それは研究方法の反省といふことがそれである。いかなる学問も、研究の方法が、曖昧、不正確なものであれば、それによつて得られる研究の結果は、また曖昧、不正確であることを免《まぬ》かれない。故に学問が真の学問である為めには、その学問研究の拠《よ》るべき方法が、厳密に考へられなければならぬ。

図７『国文学の文献学的研究』

かくて、自分の見るところを以てすれば、国文学は、その研究方法の上から、文学史的研究と、文学批評的研究と、文献学的研究との三つの部門に分《わか》たるべきであると思ふ。国文学に現はれた文学作品を、文化事実の一つと見て、その事実がその時代に於いて、いかなる精神生活であつたかを研究するのが、国文学の文学史的研究である。また国文学に現はれた文学作品を、文化価値ある事実の一つと見て、その事実の価値の高いか低いかを判断しようとするのが、国文学の文学批評的研究である。しかし、それらの研究が取扱ふところの資材たる文学作品が、事実として確かめられる為めには、その作品の書かれてゐる文献そのものが精査され、問題にされねばならぬ。また、その資材に就いて、十分よく探究されねばならぬ。此のことの研究なしには、前の二つの研究も成立つことは出来ぬ。この研究こそ、国文学の文献学的研究であるが、これは、前の二つの研究に対して、いはば基礎的、根本的研究である。この三方面の研究が相俟って、国文学の統一的な真の研究が成り立つ。かやうにして、また新たな正確な方法による訓詁註釈の学風も生れて来ねばならぬ。かくの如き文献学的研究を基礎として、その上に、文学史的及び文学批評的研究を築いてゆかうとする態度は、今後益々行はれるであらうし、また行はれねばならぬと思ふのである。

二

国文学の研究の資材となるものは、大別して二種類ある。第一には、いふまでもなく、国文学の作品である。第二には、その文学の作られた環境や事情を知るための種々の歴史的な記録である。しかして、それらの大部分は、言語文字に書かれた文献である。随つて文献を材料とする国文学の研究の基礎的研究として、文献そのものの性質を明らかにする必要がある。即ち伝承であつて、いつの時代に作られた文献とされてゐるものでも、学問的に、その伝承の真なりや否やをまづ研究せねばならぬ。また今日伝はつてゐる文献、特に古い時代のものになると、元来一つであるべき本文に対して、種々の異本のある場合が少くない。かういふやうな場合には、国文学を文学そのものとして本質的に研究するに当《あた》つても、実際にどの本に依《よ》つてよいかが問題になつて来るのである。よしや鋭い文学批評的研究であつても、もし其の依るところの材料に関する基礎的研究がゆきとどいてゐなければ、沙上に楼閣を築くやうなもので、材料の不確さがわかれば、一たまりもなく崩れてしまふ。されば国文学の研究に当つて、その文献の今伝はつてゐるものの確かであるや否やを判定し、本文を校勘《かうかん》して、本文として最も原作に近いものとすべきである。又、その文献がいかやうにして成立つたか、いかに移動して来たかといふやうな書史学的研究が必要である。かくして文献の性質が明らかになつた上で、その文献を用ゐて、国文学が正確に研究せらるべきである。

本書は、国文学に関する自分の文献学的研究の集録であるが、本論に入るに先だつて、まづ文献学的研究とはどういふものであるかをなほ精《くは》しく考へ、それが国文学の研究に於ける位置を論じ、次いで国文学の文献学的研究の道に志した自分の過ぎ来し足跡をかへりみたいと思ふのである。

三

国文学の研究には、種々の方法がある。文学は、哲学、宗教、美術、政治、経済、法律、その他のものと相並んで、文化現象をなすものであるから、国文学は、文化史的に、一般文化との関係に於いて歴史的に研究することも出来る。国文学に現はれた国民思想を、思想史的に研究することも出来る。また文学は、芸術の一つとして文化価値を持つものであるから、各時代にあらはれた作品が、どういふ意義と価値とを持つかといふことが、哲学的見地から研究されねばならぬ。かうした国文学の哲学的研究は、近来起りはじめ、次第に盛んにならうとしつつある。更に、文学は必ず言葉によつて表現されるから、国文学に就いては又、言語史的に、時代によつて用語がいかに変遷したかといふことが研究される。この場合には、国文学の研究は、国語学のそれと結びつく。また、国文学に用ゐられてゐる文体、歌体、一般にいへば、文学表現の様式が、美学的、修辞学的にも研究されねばならぬ。

　もとより文学研究の本道ともいふべきものは、一つ一つの文学作品に就いて、それが作者のどういふ精神生活から創作されたものであるかといふ事と、それがどれほどの価値を持つかといふ事とを、知りまた批評するにあるから、国文学の研究に於いても、其の中心になるべきは、文学史的研究と文学批評的研究とであるが、其のいづれにしても、其の研究の材料は、多くは言語文字に現はされた文献である。しからば、もし其の文献に関する基礎的研究が粗漏な為めに、不確なものを伝承のままに用ゐるといふやうな場合があつたとすれば、それから得られる結論は、おのづから誤らざるを得ぬ。この面倒は、その文献が現代のものであれば、もとより絶無とはいへないが、まづ甚《はなは》だ尠《すくな》いといつてよい。文献の作者も年代も、多くは明らめやすく、本文の校勘の必要も殆ど無く、用ゐられてゐる言葉が概《おほむ》ね現代語であるところから、それの解釈もやすい。また時代の事情を知ることも、さして困難でない。しかし、国文学で取扱ふ範囲は、現代文学に限るのではなく、固《もと》より各時代に及ばねばならぬ。前代に遡れば遡るほど、さきに述べたやうな面倒は次第に増すのである。ここに研究の資材となる文献の性質を批評することと、文献の意味を解釈する事とが欠くべからざる仕事となつて来る。即ち国文学にとつては、文献学的研究が重要な、しかも基礎的な方法なのである。しかして、文献学の研究は、かつて江戸時代の学者がさうであつたやうに、上世もしくは中世に偏してはならない。近世に就いても亦十分に力を致さねばならぬが、しかし、時代が古ければ古いほど、この研究が大切なこととなるのは、自然の数である。

四

しからば文献学とは何であるか。このことに関しては、学者によつて種々の意見があるであらうが、今日自分の考へるところを述べて置きたい。おもふに、一言にして蔽へば、文献学といふは、文献を研究し、かつ文献によつて研究する学問である。文献の成立、移動と、その本文とを精査し、かつ文献にあらはれたところを以て、民族の精神生活の特色を明らかにする学問である。しかしてその文献学で研究される文献といふのは、言語文字にあらはされた一切の書き物をさすことに考へたい。特にかうことわる必要があるのは、従来の文献学といふ語の用語例を見るに、土器、彫刻のやうな工芸品とか、その他の製造品までも、併せて研究の材料にした例もあるからである。それゆゑ、かうことわることによつて、考古学などと区別が出来ると思ふ。しかし又、上のやうにいふと、文献学の研究する文献が、古文書学の研究する古文書や、金石文字学の研究する金石文などと、どういふ関係があるか、それらは互に重複しはしないかといふやうな問題が起つて来るであらう。けれども、これらの学問の境は、元来厳密につけられぬものとも考へられるし、又それらの言葉の意味を広くとるか、狭くとるかに従つて、重複もするが、区別も出来ると思はれる。本書に於いて、国文学の文献学的研究といふにあたつては、もとより狭い意味の文献を主なものとはするが、古文書、金石文、その他およそ文字に書きあらはされた一切の書き物を併せ含めて、広い意味の文献を取扱ふ学問と考へたいと思ふ。

次に、右のやうに考へられた文献学は、実際上、どういふ研究をするものであるかといふに、大別すると二つに分けられる。第一に文献の批評であり、第二に文献の解釈である。

文献の批評といふのは、文献学の第一の方面で、さきに述べたところの文献を研究するといふ部分にあたる。

しかして、更に二つに分けることが出来る。書史的研究と本文批評的研究とである。まづ書史的研究といふのは、大体に於いて、文献の成立と移動と展化との歴史的研究である。文献の成立に就いては、それがいつの時代に、どういふ作者もしくは編者の手で、どういふ目的で、どういふ手続で書かれたか、もしくは編纂せられたかを明らかにしなければならぬ。移動といふのは、原形のままの文献が移動することであつて、それも詳しく見れば、一人の手から他の一人の手に移動する場合と、一人の手から他の多人数の手に移動する場合とを区別することが出来るであらう。前者は交附であり、後者は伝播である。この伝播といふのは、近代以後に於いては、多く印行の形式をとつてゐる。展化といふのは、文献の原形の変つてゆくことであつて、例へば謄写、抄写などの写本や、全訳、抄訳などの翻訳のごときがそれである。これらの研究が文献学の書史的方面で、文献そのものがどういふ性質のものであるかを明らかにするのである。それは書籍解題学に類してゐる。

次に、本文批評的研究といふのは、文献の本文の価値の如何を研究して、その文献の真面目《しんめんもく》を見出だす仕事である。これは、文献が古い時代のものであればあるほど、多く必要とされるところである。現在伝はつてをる古い時代の文献は、書かれた当時のもとの形そのままであるのでない場合が少なくない。文献、特に典籍は、それが謄写されたり、伝播されたり、印行されたりする間に、しばしば譌誤《くわご》、衍脱《えんだつ》、竄入《ざんにふ》、または散佚《さんいつ》などを生ずるのである。したがつて、国文に関する典籍の印刷術が発生しなかつた古い時代の文献の今に伝はるものには、多くの場合、諸種の異本のあることを免れがたい。印刷術が興つた後の時代のものでも、亦さうしたことがあるのである。文学史的研究も、文学批評的研究も、すべて文献に依らなければならないが、その依つて材料とすべき文献に、さやうに諸種の異本があるといふことでは、果してそのいづれの本に依つてよいものであるかを、決定するに惑はされるであらう。ここに文献の本文の価値を批評するといふ、いはゆる文献学の本文批評の一面があるのである。まづ古い文献の現在に残つてゐるままの形の本文を、種々の方面から分析し、区別し、判定して、出来得べくんばそれの成立つた当時の原形に還元しようとするのである。いひかへれば定本を作成しようとする事業が起るのである。しかし、初めから定本を作成することは、多くの場合に於いて、殆ど無謀でもあり、また不可能なことでもある。それには、定本作成の為めの基礎的、準備的研究として、まづそれに関する古鈔本異本を蒐集《しうしふ》し、それらによつて、本文の文字の異同を校勘して、いはゆる校本を作らなければならぬ。この校本作成に関する研究は、本文批評の第一期の仕事であつて、これを校勘学的研究といつてもよいのである。

しかして、本文批評的研究は、校本作成から、更に一歩を定本の作成に進める。文献の本文につき、校勘の結果得たところに基づき、誤れるところあらばそれを正し、竄入せるところあらばそれを削り、乱れたるところあらばそを整へて、原文の書かれた当時の形に出来るだけ近いところの定本を作らなければならぬ。これが文献学の批評の方面に於ける目的である。校本の作成が文献の分解にもとづく事業であるとすれば、定本の作成はそれの綜合による仕事であるといふべきである。

文献学の第二の方面は、文献の解釈といふことである。これはさきに述べたところの、文献によつて研究するといふ部分に当るのである。この方面にも、また二つの仕事が区別せられる。

まづ、さきの書史的研究によつて、文献の成立と系統とが明らかになり、本文批評的研究によつて、その本文の正確であるか否かが明らかになり、校本が出来、定本が作成されると、次の仕事として、その文献の意味を正しく解釈するといふ註釈的研究が必要なのである。文献は、もとより言語文字にあらはされた書き物であるから、その解釈には、言葉の註釈といふことが、主なものとなる。しかも文献の註釈は必ずしも言語文字の解釈だけによるべきではない。その文献の成立つた時代の文化史的背景や、その文献に関する人の伝記(師承、閲歴、性格、門流)或はその感化影響なども知らなければならぬ。また、地理、動物、植物などの知識の必要な場合もある。しかしてこの註釈は、文献の時代が古ければ古いほど、重要なものとなるのである。

この解釈は、更に文献をとほして、民族に固有な精神生活を明らかにする仕事にまで及ばなければならぬ。例へば、文献によつて、国文学、国語学、法令制度などを研究する場合がそれである。これは、確かな文献にその論断の根拠を置くといふところに、研究方法の特色がある。しかして、国文学に於けるこの意味の文献学的研究は、国文学の歴史的研究にも、文学批評的研究にも、密接に関係するのである。

自分の考へてゐるところの文献学の意味は、以上説いたところに大凡《おほよそ》尽きると思はれるが、なほかやうな文献学の研究の根本的にして準備的研究となるべきものがある。次に、それに就いて述べようと思ふ。

五

文献学の研究の根本であり準備的研究となるべきものは、即ち、文献の蒐集と採訪とである。国文学のみに限らず、凡《およ》そ文献的方法で研究することの出来るいかなる学問に於いても、まづ第一の仕事は、其の材料たる文献を探求し、豊富にかつ精確なものを蒐集することである。これは文献学的研究に欠くべからざる準備である。元来わが国文学の典籍は、千数百年の久しきに亙《わた》つて、書写を以て伝へられて来たのである。しかも、著者もしくは編者の稿本の伝へられたものは、極めて乏しいのである。転写本にしても、ただ一本のみにして他に類本を見ざる、天下の孤本といふべきものがある。所謂《いはゆる》内典のたぐひが、比較的火災兵燹《へいせん》のわざはひ少き寺院にあつたにひきかへて、国文学の書は、火災兵燹に屢《しばしば》おそはれた搢紳《しんしん》の家にあつた為めに、湮滅《いんめつ》したものが尠くない。幸ひに名門に伝来してをるものも、また後に名門の手から富豪の庫中に移動したもの、もしくは旧家好事家などにあるものでも、徒《いたづ》らに秘蔵せられ、或は死蔵せられてゐるものがあるから、それらを探求せねばならぬ。探求して、従来埋没してをつたものを発見し紹介し得れば、国文学史の上に、吾等が祖先の業績、制作、また思想を、それだけ新たに加へることになるのである。しかして、上述したごとく、文献が豊富でなければ、それによつて研究の歩を進めることも、解釈を下すことも困難であり、よし歩を進めても十分でなく、また解釈を下しても、独断的な偏頗《へんぱ》なものになりがちである。また文献は、豊富な上に、精確であることが必要である。たとひ豊富でも、杜撰《づさん》なものが多いのでは、役に立たない。しかして、文献を採訪すること、蒐集することは、時代の新しいものほどたやすくなるのであるが、古い時代のものは甚だ困難で、それには一通りならぬ努力と忍耐とを要するのである。例へば、確かにあつたらうと推定される文献や、他の文献の中にその一部が引用され、或はその称呼の挙げられてゐるやうな文献などであつて、現在散佚してゐるか、または埋没してゐるとおぼしいものが少くないのであるから、努めてこれを発見せねばならぬ。又、よし現在明らかに伝はつてをるもの、もしくは印行せられてをるものであつても、誤多くして読み解きがたい部分のあるやうな場合には、更に古鈔本もしくは善本を発見することにつとめなければならぬ。文献の採訪及び蒐集とは、この発見の仕事をいふのである。

六

以上説いたところの文献学の意味を、国文学の文献学的研究に於ける二三の例を用ゐて、一層明らかにしてみよう。まづ書史的研究の例としては、平安朝以来論議せられて、今日なほ十分の解決を見ないところの万葉集の成立に関する研究とか、元暦校本万葉集の書写の年代並にその筆者の推定とか、或は万葉集の外国語への翻訳の歴史とかを挙げることが出来る。古今集、源氏物語、枕草子等の成立に関する研究に就いても、同じく挙げられる。現在流布してをる悦目抄は、本来の悦目抄の面目を伝へたものではなく、一たびそれの散佚した後に、ある目的から編纂されたものであるが、その編纂の材料となつたものの出所はいかなるものであるか。また古今集は、定家以前本によるべきか、定家本によるべきか。定家本にしても数種あるから、そのいづれの本によるべきか。源氏物語は、河内本、青表紙本、もしくはその他の本のいづれによるべきか。枕草子また、いづれの古写本によるべきか。これらの研究は、即ち本文批評的研究の一例である。又、古くは仙覚の万葉集の諸本の校合、同じく水戸家に於ける校合、近くは校本万葉集作成の事業などは、本文批評、特に校勘を主とした研究である。しかして、さきにも述べたやうに、校本を作成する事業は、やがて定本の作成を目的としなければならぬ。文献に定本が作られて、はじめて精確な文学の歴史的研究も、文学批評的研究もなし得られるからである。しかし遺憾ながら、わが国文学の文献には、確実な定本の完成せられたものは、まことに尠い。（現存の書のままで定本として用ゐらるべきは、御物本更級日記、藤原定家所伝本金槐和歌集等に過ぎないのである。）自分等が目下つとめつつあるところの定本万葉集の作成は、即ちこの意味の研究である。

次に、註釈は多くは語釈を主とするものであるが、特に、考証とか、批評とか、歌論とかを主としたものもある。その例を挙げれば、古いものには仙覚の万葉集註釈をはじめ、近世のものには、契沖の万葉集代匠記、賀茂真淵の万葉考、本居宣長の玉の小櫛、美濃の家づと、石原正明《いしはらまさあきら》の尾張の家づと、橘守部《たちばなもりべ》の神楽入綾《かぐらいりあや》、催馬楽入綾、萩原広道《はぎはらひろみち》の源氏物語評釈、香川景樹の古今集正義、などがある。

なほ、文献学の準備的研究ともいふべき文献の蒐集及び採訪に就いては、古くは水戸家の採訪事業、前田家の古典籍の蒐集、近くは木村正辞博士の万葉集諸本の蒐集等を挙げることが出来る。

七

最後に、文献学の国文学研究に於ける価値に就いて一言したいと思ふ。文献学は文献に関する基礎的な研究であるが、普通の人の興味をひきにくいやうな精密な研究であつて、文学史や文学批評のやうな花やかさは無い。しかし、それによつて、其の学問的価値の高低をいふことは出来ぬ。むしろ文献学のやうな質実な仕事は、真に学問的なのである。また文献学は、国文学研究の目的ではなくて、準備であり、手段であるが、それゆゑに其の価値の上下をいふことは出来ない。必要な準備、欠くことの出来ない手段は、目的に達すべき基礎であつて、その基礎なしに目的は達せられない。基礎的研究としての文献学の重要さは、十分に認めなければならぬのである。学問は、すべて研究そのことが目的である。国文学の文献そのものを研究し、また文献によつて国文学の特質を明らかにすることは、それ自身一つの目的として、価値があるのである。

元来、国文学の研究は、前にも述べたごとく、わが民族の精神生活が歴史的にどう発展して来たか、その特質は何であるかといふことを明らかにする一つの道である。しかして、その一つの方法は、文学史的研究である。わが国文学の作品が、事実どういふ性質のものであるかを研究するのである。更にいま一つの方法は、文学批評的方法である。わが国文学が、文学そのものとしてどれほどの価値を持つてゐるかを批評するのである。けれども、それらは必ず作品を記した文献に依らなければならぬ。それが為には文献を読まなければならず、それを読むには、正しく理解する為めの国語の研究もしなければならぬ。また古い文献は完全でない場合が多いから、その本文を校合して校本をつくり、しかして正しい定本を作らなければならぬ。文献には疑はしいものもあるから、よくその正確であるか否かを吟味しなければならぬ。また文献を用ゐる以上、その年代、成立の事情、作者、編者等をも知らねばならぬ。ここに、国文学のなほ一つの方法が必要になるべき理由がある。文献学的研究が即ちそれである。この文献学的研究と、文学史的研究及び文学批評的研究とが、相依り相助けて、はじめて国文学の研究は完うされるのである。

八

以上述べて来たやうな意味での国文学の文献学的研究は、自分が多年つとめ来つた仕事のうちの一つである。一足づつたどつて来、進んで来た道ではあるが、顧れば、その仕事もいつしかかなりの数にのぼつてゐる。自分は今ここに其の仕事のうちのおもなものを書きとめて置きたいと思ふ。それは、ひとへに、後に来るべき学者をして、自分と同じ学問的労苦を、全く同一のものに就いて再び重ねざらしめむが為めである。さてそれらを一々に解説するに先だつて、まづ此の方面の研究に関して、自分の歩み来た道のあらましを述べようと思ふ。

歌人にして歌学者であつた父の子として生れた自分は、幼きより家学を承け、父が蒐集した典籍に親しんだのであつたが、東京大学古典科を卒業せむとする前一年の間、大学図書館の中に自由に入ることを許された。当時は、法文科の本館といはれた建物の西北隅の階上が図書館であつた。その中に出入しては、図書のおもなものを渉猟したのである。後年の自分の研究の基礎的知識は、実にこの時に培《つちか》はれたものといつてよい。また、井上頼圀《いのうへよりくに》博士の蔵書を借覧することが出来た。中にも、印行されない以前の万葉集古義を見るを得て、大いに感激したことであつた。

古典科の業を卒へた後、日本歌学全書の刊行にたづさはり、つづいて続日本歌学全書を編纂した。その際に、故人の歌集や歌論に関する書物の世に埋もれてをるものの多いのみならず、例へば、大隈言道のごとき歌人にして、その名さへ世に知られてゐず、田安宗武のごときも歌人としては殆ど知られてゐなかつたことを、かつは驚き、かつは歎いたことであつた。この時自分は、国文学の資材を蒐集し、埋没して顧みられずにゐる故人の学問芸術を顕彰することは、自国の学芸を尊重する上からいつても、しかせざるべからざる事であり、また先輩への義務であり、かつ後学への意義深い任務であるといふことを、痛切に感じたのである。

次いでチェンバレン先生の言に指示を得て、進んで和歌の歴史的研究に没頭するやうになり、やがて東京帝国大学文科大学に於ける講義のために、和歌史、歌学史等の体系を作ることに尽瘁《じんすい》し、まづその基礎的事業として、図書寮《づしよれう》をはじめ、公私の文庫や、各地の社寺、旧家、蔵書家、好事家を訪うて、古典籍を捜索し、調査し、また一方には、集書をも怠らず、しかして歳月を累《かさ》ねて来たのである。その結果、従来たえて知られなかつた古書を発見もし、蒐集もし、未だかつて明らかにせられなかつた故人の学説、文藻、業績等を世に紹介し得たのである。即ち、真本歌経標式、成尋阿闍梨母日記、天治本万葉集巻十三、万葉集鈔(秘府本)、元暦校本万葉集十四帖本、藤原定家所伝本金槐和歌集、仙覚奏状、戸田茂睡の寛文五年の文詞、本居宣長、富士谷御杖、大隈言道等の歌論、言道、及び野村望東尼の歌集等がそれである。

更に一方には、万葉学を建設したいと思うて、まづその基礎的研究として、万葉集の校本を作り、続いて完全な定本を作りたいと考へてゐる。自分がこれまで万葉集の古写本及び古筆の類を探求して来たのも、ひとへに其の校本及び定本作成の資料を得たいが為めであつて、決して単なる尚古癖や、古筆鑑賞の故ではなかつた。しかして同志の士と謀《はか》つて、歳月を重ぬること十有余年、校本万葉集の作成の事業を、一まづ完成したのであつた。しかして更に、新訓万葉集、白文万葉集、分類万葉集、万葉学論纂を編し、一歩々々定本万葉集の作成に近づきつつあるのである。

また、和歌の意味を広くすることを思うて、単に読まれるところの文学的な和歌の研究にとどまらず、謡はれるところの音楽的な歌謡の研究をも志した。それによつて、上世及び中世の歌謡に関する講義をなし、日本歌選上古之巻を編し、梁塵秘抄を世に紹介し、また従来全く知られずにをつた琴歌譜、承徳本古謡集、今様歌抄等の古歌謡を発見したりしたのである。

その他、古文献及び古人の研究を出版することが、学者を益すること尠くないと信じ、扶桑珠宝《ふさうしゆほう》の名のもとに、南都秘笈《なんとひきう》、万葉秘林《まんえふひりん》、芸帙秘芳《うんちつひはう》の刊行を企てて、その三十八種の印行を遂げ、更に続扶桑珠宝として、異本伊勢物語、西本願寺本万葉集等を印行し、かつ仙覚全集、万葉学叢刊を編纂刊行した。また契沖全集、賀茂真淵全集再版本、校註日本文学類従の出版にも与かり、本居宣長稿本全集、橘守部全集の出版を慫慂《しようよう》したりしたことである。

序論の筆をおくに当つて、本書の内容に就いて一言しよう。この書の本文は、自分がこれまで国文学の文献学的研究に志してをつたうち、専ら探訪と蒐集との方面に於いてなし来つた業績、即ち新たに発見もしくは紹介したもの等につき、解説をするのであるが、解説の便宜上、これを、万葉集の研究、歌人及び歌集の紹介、歌学の研究、歌謡の研究、日記文学の研究、伝記の調査、附載の数篇に分けたいと思ふ。

以上について若干の解説を加えてみたい。あらかじめ要点を指摘しておくと、一つには日本民族という意識が強く認められること、一つにはここまで何度も強調してきたように、文献学を重視する姿勢が堅固であること、この二点がまずは取り上げられるべき重要な点であると考えられる。このことについて論じた後、それ以外のいくつかの点に補足的に触れておくこととする。

1　民族のためにということ

冒頭を読むと、次のような箇所が注意される。

国文学研究の目的は、吾が日本民族が祖先以来産み成した多くの文学作品をとほして、吾が民族の精神生活の特質、並にその変遷を理解するといふことである。その研究は、日本精神の研究たる他の学問と相俟つて、わが民族が将来益々発展し、活動するための基礎的知識を与へるものとして、必要欠くべからざるものである。

短い中にも「吾が民族」という表現が繰り返し出てくる。

明治五年に生まれた信綱にとって、国家のために、日本民族のために尽くすということは至上命題となった。東京帝国大学で教壇に立ち、帝国学士院より恩賜賞を賜り、『明治天皇御集』を編纂したという人生は、そのような考えと不即不離の関係にあろう。

ベネディクト・アンダーソンが一九八三年に発表した『想像の共同体』(8)で説かれる国民国家論――国家権力が、権力側の持つ価値観を国民に強制し、国家への忠誠心を醸成するところに、近代的な国家が発動するという視点――が矛盾なく当てはまるような立場だと言えるだろう。

この民族至上主義は芳賀矢一が学んだドイツ文献学によって強化されたものであり、学問は国家に貢献すべきという考えは当時の主流だったこともまちがいない。文学研究は日本民族の優越性を証明するために寄与せねばならないという国家からの要請があったわけだ。そのことが太平洋戦争へと向かっていく政治・社会体制と連動していることも言うまでもない。

そういった事実によって、信綱を体制派の御用学者のように捉えて批判的・否定的にのみ扱おうとする現代の研究者もいるかもしれない。しかし、それだけでは一面的であろう。物事には必ず正負両面がある。文化遺産として残されるべきものが何なのかを明らかにし、それを研究する方法を確立した信綱の学問業績の総体は、日本文学の研究史の中で大きな意味を持つことも疑いない。

そもそも帝国主義的だという理由で否定的に捉えれば、明治時代の末から戦前にかけての営為の多くは価値のないものになってしまう。しかし、その営みの一つ一つには、社会や文化を展開させていく意味があったものも多いのだから、その部分の正負をよく見極めて抽出し、評価を与えていく必要がある。

2　文献学の重視とバランス感覚

続いて、「一」から「二」にかけて展開されている、この文章の最も重要な論理に着目しておこう。

そこにおいて、信綱は、国文学の目的が「文学史的研究」「文学批評的研究」「文献学的研究」の三つに大別されると述べる。

「文学史的研究」とは、「国文学に現はれた文学作品を、文化事実の一つと見て、その事実がその時代に於いて、いかなる精神生活であつたかを研究する」もの。今日の文学史とほぼ同義である。信綱の場合、後述する『日本歌学史』『近世和歌史』などの著述が、この範疇に分類されよう。

「文学批評的研究」は、「国文学に現はれた文学作品を、文化価値ある事実の一つと見て、その事実の価値の高いか低いかを判断しようとする」もの。いわば、作品論である。信綱の場合、これを正面切って扱ったものはないかもしれないが、一連の和歌史の記述の中に作品表現に対する価値判断は表明されており、彼の中にもこういったことへの志向は確実に存在した。

「文献学的研究」は、「作品の書かれてゐる文献そのもの」を精査し、「その資材に就いて、十分よく探究」すること。いわゆる文献学である。ここまで述べてきたような、本文を発見し、諸本を比較し、校訂していく作業を指す。この章で述べてきた信綱のさまざまな業績が該当する。

その上で、信綱が力説するのは、「文献学的研究」が疎かになっては、前二者の意味もないということである。最も急所と言える一文は、以下の通り。

よしや鋭い文学批評的研究であつても、もし其の依るところの材料に関する基礎的研究がゆきとどいてゐなければ、沙上に楼閣を築くやうなもので、材料の不確さがわかれば、一たまりもなく崩れてしまふ。（二一）

この主張自体はきわめて妥当なもので、今日でも十分通用する、正統的な考えであろう。本文が当時の状態になるべく近くあってこそ、その作品を書いた時点での息遣いのようなものをきちんと把握できるはずだ。本文の決定は絶対に疎かにされてはなるまい。

ただ、「よしや鋭い文学批評的研究であつても」という口吻からは、何かに対抗しようとする危機意識も感じ取れるように思われる。一つの可能性としては、「鋭い文学批評的研究」とは、当時台頭しつつあった岡崎義恵《おかざきよしえ》（一八九二―一九八二。東北大学教授）の日本文芸学が意識されている言い方だと想定されうるのではないだろうか。

『国文学の文献学的研究』が昭和十年、一九三五年に岩波書店から刊行されていることは先に述べた。その前年の昭和九年十月に、岩波書店の雑誌『文学』が「日本文芸学」の特集を組んでいる。さらに、『国文学の文献学的研究』と同じ昭和十年に岡崎義恵の『日本文芸学』がやはり岩波書店から刊行されており、その四年後には『日本文芸の様式』（岩波書店、一九三九年刊）が刊行されることになる。それへの対抗意識が信綱の脳裏にあって、このような文章が書かれたのではなかったか。岡崎の方に、信綱らの文献学重視に対して批判的な気持ちがあったことは言うまでもない。それに対して、作品表現の美的な探究に耽溺するあまり、基礎研究が疎かになってはならないという信綱側からの反論が「よしや鋭い文学批評的研究であつても」という語り口になったのである。東京帝国大学の教官としての、中庸を取ろうとする意識、いい意味でのバランス感覚もそこには働いていたであろう。逆に言うと、日本文芸学が台頭したからこそ、対立軸としての文献学も強化されたのであろう。

さらに、この時期には近藤忠義《こんどうただよし》（一九〇一—七六。法政大学教授）らによる歴史社会学派も活発な活動を始めており、国文学研究の方法について論議がさかんになっていた。近藤の代表的な著述『日本文学原論』（同文書院）の刊行は、昭和十二年である。(9)

そもそも信綱が拠って立つ日本文献学が学問として実質的に確立されたと言えるのはいつ頃なのだろうか。もしかすると、こちらも『国文学の文献学的研究』刊行の昭和十年、一九三五年前後にはっきりした姿を見せてくるのではないだろうか。久松潜一『契沖伝』（『契沖全集』第九巻、朝日新聞社）は、昭和二年の刊行だった。同書は、契沖研究としてのみならず、文献学的研究の規範と見なされた。池田亀鑑《いけだきかん》『古典の批判的処置に関する研究』（岩波書店）の刊行は、昭和十六年である。

以上を要するに、昭和十年前後——昭和初期と大括りにしてもよかろう——に日本文献学、日本文芸学、歴史社会学派などがそれぞれの主張を鮮明にし、理論的な対立が顕わになるわけだ。文献学的研究を重視するという信綱の発言は、そういった状況を踏まえて理解されるべきなのであろう。そして、

文献学は文献に関する基礎的な研究であるが、普通の人の興味をひきにくいやうな精密な研究であつて、文学史や文学批評のやうな花やかさは無い。しかし、それによつて、其の学問的価値の高低をいふことは出来ぬ。むしろ文献学のやうな質実な仕事は、真に学問的なのである。（「七」）

といった発言からは、この道に賭けてきた信綱の誇りが強く伝わってくる。

以上、主要な論点二つに触れたところで、いくつか補足的に指摘しておきたい。

第一に、「四」の後半に書かれていることだが、本文を確定させる手続きは、本文を当時の原形に還元すべく、まず校本を作り、それから定本を確定するところにあり、[10] さらに、注釈を施し、その文献の成立した時代の文化史的背景や、その文献に関わった人物の伝記、及びその影響が把握される必要があると説くところなど、じつに正統的で、今日にも通用する基本的な考えである。こういった考えをすでに近代初期の研究者が抱いており、それを今日のわれわれも受け継いでいることはきちんと評価されねばならない。

第二に、「四」の前半で、「古文書、金石文、その他およそ文字に書きあらはされた一切の書き物を併せ含めて、広い意味の文献を取扱ふ学問と考へたいと思ふ」として、文献学の対象が、言語文字によって表現されたすべてのものを含むというところが、新鮮な感じがする。今日の日本文学という枠組みよりも広く人文学の問題として文献学が考えられていたのだろうか。現在、日本文学を旧来の文学という枠組みから解放し、広く人文知の一部と位置付けようという傾向も見られる。そういう点で、信綱のこの発言も改めて問い直されてよい。

第三に、「二」のところで、「江戸時代の学者が、主として訓詁注釈的研究により、国文学に基礎的努力をささげたのに対し、明治時代以後の学者は、その訓詁注釈的研究を基礎として、国文学の内容的研究に進んだのであった」とあるのは、あまりに近世の古典研究を過小評価していると思う。私は近世の古典学の研究者として、この点に大きな違和感を感じる。芳賀矢一が述べている通り、日本文献学はその基盤を近世の国学に置く。その点で近世の古典学が評価されるべきなのはもちろんのこと、賀茂真淵の鑑賞主義的な万葉解釈や、本居宣長の「もののあはれ」観に基づく源氏解釈、契沖の秘伝にとらわれない学問的な世界観や、上田《うえだ》秋成《あきなり》の自由な立場からの自在な解釈、萩原広道の理知的・構造的な源氏解釈など枚挙に暇がないほど近世においても「国文学の内容的研究」はさかんであった。むしろ明治時代の方がよほど貧弱なのではないだろうか。

冒頭に掲げた林大「学者としての佐佐木先生」では、次のようにも述べられている。

先生は理論構成を事とする学者ではない。文献学的、校勘学的、文学史的、文学研究史的諸論著も、具体について論究されるものであつて一般論的ではない。時に私などは、自分の国語学的な管見が、個々の場合に当つて先生を説得しがたいのをなげくこともないではないが、しかしそれは先生の芸術的直観の力の大きさと相表裏するものと考へられる一方、理論化はされない先生の七十七年の蘊蓄《うんちく》が、千三百年を通ずる眼を以て選び定める所には、あへて抗論することのかたきを思はざるを得ないのである。

右のような林の慨嘆は、信綱の強靱な知識重視のありかたをよく言いえていよう。何度も述べていることだが、本文の発見や校訂作業の尊さ、重要さは言うまでもないことであり、それを強力に推し進めた信綱の業績は不動のものである。また、次章で述べるように、大きな視点から和歌史を構築することも誰もができることではない。これも研究史上不動の業績である。いずれにおいても、強靱な精神力とバランス感覚、そしてもちろん抒情的な感性がなくては成しえないことだった。「理論化はされない先生の七十七年の蘊蓄」はその点で正の評価を得るものであろう。ただ、そこには日本文芸学が目指したような美的な探究は置き去りにされる。

もっとも一人の研究者が果たせることには限りがある。そういう意味では、信綱の本文研究、次章で述べる和歌史研究は、一人の研究者の人生にとって十分過ぎるほどのものであろう。

(1) 信綱著『ある老歌人の思ひ出』(朝日新聞社、一九五三年)一七九—一八〇頁にも次のようにある。
自分の熱誠が通じて、遂に明治四十三年五月十二日、水野家の庫中から(引用者注・元暦万葉集が)出現した。(中略)さて家従と二人で抽匣を開けると、何十年といふ間あけなかつた上に、土蔵の隅にあつたので、本の小口には高黴が生えて居る。しかもそれは、まさしく元暦万葉であつたのである。自分は夢かと我を疑ひつゝ、しづかに一枚々々をめくると、ぱり〳〵と音がする。黴が飛び散る。綴の糸がはれてばら〳〵になつて居る巻もある。家従に、万一、一枚でも紛失してはといふて、十四冊各冊の枚数を二人で調べて書きとめ、さて引合せたところ、ぴつたり合うた。此の時の自分の喜びは、実にたとへやうもなく、思はず胸のうちに、次の歌が浮び出た。
年久に光うもれしうづだから宝の書は今し世に出でつ
(2) 品田悦一『万葉集の発明』(新曜社、二〇〇一年)、小川靖彦『万葉集と日本人』(角川選書、二〇一四年)、前田雅之「「国文学」の明治二十三年」(『幕末明治　移行期の思想と文化』勉誠出版、二〇一六年)などを参考にした。
(3) 注(2)品田書六〇—七二頁、注(2)前田論文。
(4) 『長谷川如是閑選集』7(栗田出版会、一九七〇年)二九八頁。
(5) 『折口信夫全集』第十四巻(中央公論社、一九九六年)三五六頁。

（6）『折口信夫全集』第三十四巻（中央公論社、一九九八年）七三―七四頁。

（7）田中大士氏の精力的な研究などがある。たとえば、田中大士『衝撃の『万葉集』伝本出現　廣瀬本で伝本研究はこう変わった』（はなわ新書・塙書房、二〇二〇年）、国文学研究資料館の共同研究「万葉集伝本の書写形態の総合的研究」（研究代表者は田中氏。二〇一四―一六年）など参照。

（8）日本語訳の最初は、リブロポートより一九八七年に白石隆、白石さや訳によって刊行された。

（9）昭和初期における日本文芸学と歴史社会学のありかたについては、衣笠正晃「中世和歌研究と文学史記述――風巻景次郎を中心として」（『中世文学』二〇〇七年六月）、坪井秀人「戦中戦後の跨ぎ方――〈国文学〉教育＝研究の場合」（『隔月刊文学』二〇一四年九月）を参照した。

（10）田中康二氏は、真淵と宣長によって「定本」策定作業が確立され、木村正辞が「校本」策定作業を提唱し、その違いを意識しつつ、併せて実行したのが信綱だという見取り図を描いている（『本居宣長の国文学』ぺりかん社、二〇一五年、二六二―二六三頁）。

第二章　和歌史の構築

一　文学史という概念の生成

1　佐佐木信綱の代表的著作

本文の発見や校本・校訂本の作成とともに、佐佐木信綱の大きな業績としては和歌史の記述がある。代表的な著作としては、『日本歌学史』（博文館、一九一〇年刊）、『近世和歌史』（博文館、一九二三年刊）が挙げられる。前者は、通時的に和歌表現ならびに和歌に関する理論の変遷をたどったものであり、後者は近世に特化してそれを行ったものである。

言い換えると、和歌というジャンルに絞って、古代から近世までの歴史的展開をたどった業績だと言える。今日から見れば素朴なたたずまいかもしれない。しかし、当時としては画期的だったのである。

後述するが、和歌の歴史的展開を記述したものはそれ以前にあったとしても、和歌というジャンルを強く意識し、時間軸に沿いながら、それが変遷していくありかたを立体的・客観的に描いたという意味では、初めての歴史的な記述であったからだ。

今日の学界をも律する、和歌史という制度の規範が築かれたとも言えるだろう。

児山敬一《こやまけいいち》が「「日本歌学史」について」(『餘情』一九四八年六月号)という文章の中で、

全体にわたつて、認識の濃さをひとしくし、本筋をみとめながら、枝葉をすて、つらぬくに組織のこころをもつてするのが、学問にほんらいの態度だと思ふ。しかし、そのために、部分の研究もまた必要であつて、たとへば日本歌学史のぜんたいを、先生がされたやうに、よく一冊の著作にまとめることは、じつにやさしくないのである。一般論・大体論だといはれるにしても、それは、つねに、学問のアルパ(引用者注・ギリシア語の第一字母「アルファ」)であり、オオメガ(引用者注・ギリシア語の最終字母「オメガ」)である。先生のこの研究(引用者注・『日本歌学史』)は、その両面を兼ねそなへて、みごとといふほかはない。

と述べているように、一つの流派の見方に捕らわれず、事態をある程度公平に見つめて、過不足なく歴史的展開の骨格を示したという点に、非常に重要な意義があったと言えるだろう。なお、児山敬一(一九〇二―七二)は、哲学者、歌人。東洋大学教授をつとめた。

試みに目次を列挙してみることで、示された大枠を確認しておきたい。まずは、『日本歌学史』の目次を掲げる。

第二章　藤原公任《きんとう》及び其の時代
第三章　藤原基俊源俊頼《としより》及び其の時代
第四章　六条家
第五章　藤原俊成《しゅんぜい》及び其の時代
第六章　藤原定家及び其の時代
第七章　二条家歌学の確立及び其の時代
第八章　二条家対毘《び》沙門堂《しゃもんどう》家
第九章　頓阿《とんあ》及び二条良基《にじょうよしもと》
第十章　反二条派
第十一章　飛鳥井家と二条家末流
第十二章　細川幽斎《ほそかわゆうさい》
第十三章　幽斎門下及びその系統
第二編　近世歌学
序論
第一章　古学勃興時代
第二章　国歌八論
第三章　賀茂真淵

現在の時代区分では、奈良時代及びそれ以前を上代、平安時代を中古、鎌倉・南北朝・室町時代を中世、江戸時代を近世とするが、ここでは、中古と中世を併せて中世としている。今日的には、第一編第五章までは中古に分類されることになる。

目次の項目を見る限り、中古の、紀貫之を起点として、藤原公任、次いで藤原基俊、源俊頼、そして六条家（藤原清輔《きよすけ》ら）という流れは今日の認識でもほぼ変わりない。中古末の藤原俊成から「余情優艶の趣ある、彼が所謂幽玄体の歌風を和歌の理想と」[(1)]する考え方が生まれ、定家が先鋭化させ、そこから俊成・定家・為家《ためいえ》と続く家が歌道の本流となり、やがて二条・京極（「毘沙門堂家」）・冷泉と流派が分かれていくこと、その中でも、「父祖の庭訓を楯にとりて、伝来の正雅の歌風を出でざらむとする保守的」[(2)]な歌風を目指した二条派が主流であったこと、などの見方もおおかた今日に受け継がれていよう。

この骨格から、どう訂正・増補されて今日に至ったかの詳細を述べることは、戦後の和歌史研究を語ることに等しいので、ここでは省略する。

ただ一例だけ指摘しておくと、室町時代後期の後柏原《ごかしわばら》天皇の宮廷歌壇から始まって、安土・桃山時代の後陽成《ごようぜい》天皇、近世初期の後水尾《ごみずのお》天皇、近世前期の霊元《れいげん》天皇へと続く、堂上和歌（宮廷の和歌）の系譜は、応仁の乱後の文化的断絶からの復興を主導し、勅撰和歌集が途絶えた後の和歌史を存続させたという点で大きな意義がある[(3)]。それについての視座が著しく欠けているのは、和歌史の記述という点ではやはり物足りない。

続いて、『近世和歌史』の目次を掲げる。

ここでも、堂上和歌への視座が弱く、その点に難がある。

なお、浅田徹氏に「佐佐木信綱と近世和歌史」[4]という考察がある。浅田氏は、膨大な近世和歌を通覧し、豊かな見識で一貫した時代理解を示したこと、和歌史が自分につながっているという当事者意識を持っていたこと（信綱が歌人であったことによる）、という二点がすぐれており、「歌風」記述を「史」とする工夫に欠けること、歌壇構成の変化が組み込まれていないこと、の二点によって、今日的には相対化されるべきだとの見解を示している。

2　信綱以前の文学史

歴史的に見て、『日本歌学史』は、どのようにして構築されたと捉えるべきなのか。日本と外国に分けて、考えてみたい。まず、日本国内である。

信綱以前に和歌史が全くなかったとは言えまい。中世から近世にかけて、歌人たちも和歌の歴史についての認識はもちろん持ち合わせていた。

たとえば、安土桃山時代の武将で、すぐれた歌人でもあった細川幽斎（一五三四―一六一〇）が伝えた学説に基づいて、中世の歌学書に述べられている事柄を編集したとされる『聞書全集』という書が延宝六年（一六七八）に刊行されている（それ以前から刊行されていた可能性もある）。編者は不明である。そこには、「代々集所見心持之事」として、主要な歌集をどのように位置付けて学んでいくべきかが記されている。

黄門庭訓抄云、万葉集はげに世もあがり歌の心もまして此世には学ぶとも及ぶべからず。初心の時、自らも古体を好む事不レ可レ有。但、稽古年重り、風骨読み定りて後は、万葉の様をも存ぜざらん好士は、無下《むげ》の事とぞ覚え侍る。稽古の時、よむまじき姿詞侍るなり。読むまじき姿詞とは、余り俗に近く、又おそろしげなる類を申すべしと云々。常に可二見習一物は古今・後撰・拾遺三代集なり。近代風体云、新古今は初心の人は見て悪し。心得たらん人は苦しかるまじきとなり。定家卿の歌は集に入りたるを見るべし。拾遺愚草などは聞得がたき所ありて、心まどひぬるなり。家隆《いへたか》の歌をも能々《よくよく》見るべし。下の句つよくて当時読むべき風なり。能《よき》作者の歌は、後柏原院、逍遥院《せうえうゐん》殿（引用者注・三条西実隆《さんじょうにしさねたか》）などの歌を見て、上古、中古、当世の風をさとりしるべき由なり。古今は花実相対の集なり。後撰は実過分す。拾遺は花実相兼たり。是迄は歌の余風有りといへども、次第に陵《りよう》夷《い》（引用者注・衰退すること）するなり。後拾遺は八雲御《やくもみ》抄《せう》に、経信《つねのぶ》卿誹諧の歌を入るにて異事の悪さも是を知ると侍り。是より此道たぢろぐやうにて金葉詞花にてはたと其風そんじけるを、西行が読み直せるよし世称レ之。然《しか》るになほ俊成卿千載集を撰し給ひしより金葉詞花の風をすて歌道中興せり。新古今はまさしく定家卿撰者の一人たりといへども、五人の撰者まち〳〵にて定家卿の本意《ほい》あらはれず。しかる間勅をうけて新勅撰を撰《えら》まる。新古今は花が過ぎたりとて新勅撰には実を以て根本とせり。其後、為家卿又続後撰を撰び進ぜらる。此集正風花実相応初心の学尤《もつと》も肝要たるよし、先達称レ之。此後又歌の道陵夷するを普光園摂政（引用者注・後普光園院摂政。二条良基のこと）頓阿と志を同じくして、風体をさま〴〵申し改められて二度和歌の道興れり。是頓阿が力なり。能く一集々々の建立を心にもちて見習ふべし。(5)

ここでは作歌のためにどのような歌集を読むべきかという意識がまずあって、結果的に和歌史が叙述されているに過ぎない。そういう点では、信綱が持っていたような客観性は存在していない。もっとも、上代には『万葉集』というすぐれた歌集があり、平安時代前期の『古今集』『後撰集』『拾遺集』の三代集は古典和歌の頂点を形成し、いったん衰えたかに見える和歌史は俊成・定家に至って中興し、再び衰えるも、頓阿によって再び高められたという流れ自体は汲み取ることができるし、大筋では『日本歌学史』と変わりない。ただし、たとえば二条派において特に手本とされた頓阿の歌風への高評価が見られるのは、この書き手が二条派の流れを汲む歌人であるからに他ならない。そういう意味では、一つの流派の価値観がここに流れ込んでいるのである。

以上をまとめると、近世までの歌学書においては、和歌表現の流れは時間軸に即して朧ろに理解されてはいるものの、あくまで作歌のためのものであって、和歌史の記述が自己目的化はしていないと言える。

一方、国学においてはどうか。

長島弘明氏は、「明治以前には、文学を時間軸に沿って考察する文学史的な思考はあまり見られない」とし、その理由として「国学者が目指したのが、あくまでも日本固有の精神の始原としての古代であり、その後の時代には基本的に興味をもたなかった」ことが指摘できるとし、「彼らが構築していった「古代」像」は「時間を超越した非時間的（非歴史的）な理念であった」とまとめている。(6)宣長に至って、田中康二氏が指摘するように文学史への意識は徐々に高まっていると言えるかもしれない[7]が、それらは一冊の「和歌史」として標榜されているわけではないし、『日本歌学史』の方がはるかに詳密になってもいよう。

試みに、以下に宣長の『うひ山ふみ』（寛政十年〈一七九八〉成立）を抄出してみたい。

> 万葉集をよくまなぶへし。（中略）わが師大人《うし》の古学のをしへ、専《もはら》こゝにあり。（以上「ラ」）
>
> 古今集は、世もあがり、撰《えら》びも殊に精《くは》しければいと〳〵めでたくして、わろき歌はすくなし。（中略）次に後撰集、拾遺集は、えらびやう甚《はなはだ》あらくみだりにして、えもいはぬわろき歌の多き也。然《しか》れどもよき歌も又おほく、中にはすぐれたるもまじれり。さて次に後拾遺集よりこなたの、代々の撰集ども、つぎ〳〵に盛衰善悪さま〴〵あれども、そをこまかにいはむには、甚事長ければ、今は省きて、その大抵《たいてい》をつまみていはゞ、其間《そのあひだ》に新古今集は、そのころの上手たちの歌どもは、意も詞もつゞけざまも、一首のすがたも、別に一《ひとつ》のふりにて、前にも後にもたぐひなく、其中に殊によくとゝのひたるは、後世風にとりては、えもいはずおもしろく心ふかくめでたし。そも〳〵上代より今の世にいたるまでを、おしわたして、事のたらひ備りたる、歌の真盛《まさかり》は、古今集ともいふべけれども、又此新古今にくらべて思へば、古今集も、なほたらはずそなはらざる事あれば、新古今を真盛といはんも、たがふべからず。（中略）さて又、玉葉、風雅の二《ふたつ》の集は、為兼《ためかね》卿流の集なるが、彼卿の流の歌は、皆ことやうなるものにして、いといやしくあしき風なり。されば、此一流は、其時代よりして、異風と定めしこと也。さて件《くだん》の二集と、新古今とをのぞきて外《ほか》は、千載集より、廿一代のをはり新続古今集までのあひだ、格別にかはれることなく、おしわたして大抵同じふりなる物にて、中古以来世間普通の歌のさまこ

れなり。（中略）まづ世間にて、頓阿ほうしの草庵集といふ物などを、会席などにもたづさへ持《もち》て、題よみのしるべとすることなるが、いかにもこれよき手本也。此人の歌、かの二条家の正風といふを、よく守りて、みだりなることなく、正しき風にして、わろき歌もさのみなければ也。（以上「オ」）(8)

いちいち繰り返さないが、ここでの把握も『日本歌学史』と細部の違いはあるにしても大枠では変わりないと言えるだろう。ここにも頓阿に対する高い評価が見られるが、これは宣長が京都に遊学していた折、二条派の歌学を学んでいたことによっていよう。宣長は頓阿の家集『草庵集』注釈書として『草庵集玉箒』という書まで明和五年（一七六八）に刊行しているが、これを手に取った宣長の師賀茂真淵は書簡を認めて、叱責している。古代に価値を置く真淵にしてみれば、頓阿は歌風も衰えた「後世風」に他ならなかった。(9)

3　西洋における文学史

西洋において、文学史という概念が発達したのは、十八世紀末から十九世紀にかけてである。(10)今日の研究においては「文学史」という用語は自明のものとして用いられていると思われるが、比較的新しい概念なのである。その点、相対化がなされねばならないだろう。

文学史に確乎たる方法意識が持ち込まれた金字塔とも言うべき業績として、イポリット・アドルフ・テーヌ（一八二八―九三）の『イギリス文学史』（一八六三年刊）がある。テーヌは、フランス実証主義の代表的な思想家で、エミール・ゾラの自然主義小説理論にも大きな影響を与えたことで知られる。唯物論的な考え方がナポレオン三世の専制政権に危険視され、教職に就くことができなかった。その『イギリス文学史』は、「人種（遺伝）」「環境」「時代（時勢）」の三つの要素を中心として、作家個人の才能を規定する「主要機能」、それぞれの文化領域が有機的な関連を示す「依存関係」といった理論に立脚し、文学作品が生成される因果関係を解明しようとした。特に「環境」を重視したため、環境論の代表的な著作と見なされている。

参考までにテーヌの論点のうち、最も重要なものを以下に抜き書きしておこう。

人間の感情と思想には、一つの系統がある。この系統は、一つの人種、一つの世紀、一つの国の人々に共通した精神と心情との幾つかの一般的な特徴、幾つかの性格を原動力としている。鉱物学において、諸々の結晶体がいかに多種多様であっても、若干の簡単な物質的形式から発達しているのと同様に、歴史学においても、諸々の文明は、いかに多種多様であっても、すべて幾つかの簡単な精神的形式に由来しているのである。

（「思想及び感情の主要形式、それらの歴史的結果」）

ここに人種《ラース》というのは、人間がその出生と共にこの世にもたらしてくるあの生得的な遺伝的な諸傾向であって、通常、気質《タンペラマン》と体格に著しく現われる差異と結合しているものである。この傾向は、民族の異なるにつれて様々に異る。

（「人種 la race」）

人種の内的構造を検証した後には、我々はこの人種が生活している環境を考察しなくてはならない。なぜならば、人間はこの世にただ独りで存在するのではないからである。人間は自然に包まれ、他の人々に囲繞《いにょう》されている。

（「環境 le milieu」）

人々は二百年、或いは五百年もの間、人間の或る種の理想型を心に描いていた。即ち、中世では、騎士と修道士であり、古典主義時代では宮廷人と雄弁家であった。この創造的で普遍的な観念は、行動と思想の全預域にわたって現われた。そして、この観念は、無意識のうちに一体系をなしているその作物をもって世界を満たした後、衰退し、やがて消滅した。すると忽ち、同じように支配し、同じように多数の創造を行うべく予定された、一つの新しい観念が台頭した。（「時代 le moment」）(11)

テーヌに続く、ウェルシュの『英語英文学発達史』（一八八二年刊）は、第四の要因として「個人」を加え、作家の表現力という点を重視している。

また、ダーウィンの進化論の影響を受けたジャンル進化論を提唱したフランスの批評家フェルディナン・ブリュンチエール（一八四九―一九〇六）は、『フランス文学史提要』（一八九七年刊）を著している。

同じくフランスのギュスターヴ・ランソン（一八五七―一九三四）は、『フランス文学史』（一八九四年刊）を著し、作品の精読とともに、文献学的な方法を強調し、以後フランスの文学研究の主流となったが、結果として些末な考証に陥りがちになった。

一方、ドイツでは、ウィルヘルム・シェラー（一八四一―一八八六）の『ドイツ文学史』（一八八三年刊）やマイヤーの『十九世紀文学史』（一八九九年刊）が著されている。ドイツにおいては、ウィルヘルム・ディルタイ（一八三三―一九一一）の精神科学の影響が顕著である。

明治時代になると、日本人にとって、特にテーヌの『イギリス文学史』の影響は大きかった。

坪内逍遥《つぼうちしょうよう》（一八五九―一九三五）は、明治十三年（一八八〇）頃にはテーヌに接しており、特に小説の「主眼」という視点に影響を受けて『小説神髄』を著し、同十八年に発表した。そして、明治二十年代には、しきりにテーヌを称賛し、『イギリス文学史』の紹介につとめたという。(12)

島崎藤村《しまざきとうそん》（一八七二―一九四三）ら浪漫主義派の作家たちもテーヌに学んだ。藤村の『桜の実の熟する時』（一九一七年作）には、

ふと、ある考へが捨吉の胸に来た。彼は内証で自分の風呂敷を解《ほど》いた。そして姉さんにも誰にも知れないやうに、折があつたら読むつもりで東京から持つて来たテインの英文学史を帳場の机の下に潜ませた。（中略）しばらく好きな書籍の顔も見ずに暮して居た捨吉の饑《う》ゑた心は、まるで水を吸ふ乾いた瓶のやうにその書籍の中へ浸みて行つた。何といふ美しい知識が、何といふ豊富な観察が、何といふ驚くべき『生の批評』がそこにあつたらう。（中略）『人』といふものに、それから環境といふものに重きを置いた文学史を読むことも彼に取つては初めてと言つて可《よ》い位だ。ある時代を、ある詩人によつて代表させるやうな批評の方法にも酷《ひど》く感心した。例へば、詩人バイロンに可成《かなり》な行数を費して、それによつて十九世紀の中のある時代を代表させてあるごとき。

とあるのである。(13)

「本邦文学史の嚆矢《こうし》」とされる三上参次《みかみさんじ》・高津鍬三郎《たかつくわさぶろう》『日本文学史』（金港堂、一八九〇年刊）も、テーヌの理論を参考として、「国民固有の特性」「身外の現像」「時運」の三つの要素を重視して、論述している。芳賀矢一の『国文

学史十講』(冨山房、一八九九年刊)『国文学史概論』(文会堂、一九一三年刊)や藤岡作太郎《ふじおかさくたろう》の『国文学全史　平安朝篇』(東京開成館、一九〇五年刊)『国文学史講話』(同、一九〇八年刊)もその延長線上にあると言える。

信綱の『日本歌学史』は明治四十三年(一九一〇)に刊行された。テーヌらの西洋的な文学史観が、『日本文学史』から、芳賀矢一・藤岡作太郎を経て、信綱にも流れ込んでいると言えるだろう。

以上をまとめてみると、佐佐木信綱は、信綱以前に日本にあった朧ろな輪郭を持った歴史的展開を、西洋的な概念に即しつつ構成することで、〈日本の和歌の文学史〉という規範を成立させたのである。

二　具体的な論説を通して

ここからは、具体的な論説をいくつか取り上げて、そのありかたを検討してみたい。前述した『日本歌学史』『近世和歌史』以外にも、和歌史に言及したものはあり、それらも適宜引用していくことにする。

1　作歌経験を踏まえつつ、通史的に捉え、本質的な表現論をする

まずは、『日本歌学史』の「結論」を掲げてみよう。ここからは、新しい和歌史を記述しようとする信綱の意気込みと意図がよく伝わってくる。

前述せし所を以て、吾人《ごじん》は、緒論にいはゆる「歌論を中心として、和歌一般に関する研究の変遷発達」を論述し、日本歌学史の綱要を叙し畢《をは》りたり。こゝに擱筆《かくひつ》せむとするにのぞみ、些《いささ》か所感を述べて、此の論を結ばむとす。

まづ、吾人が研究の主題たる歌論の思想に就《つ》いて之《これ》を観察し来るに、従来の研究が（殊に中世歌学に於いて）学問的ならざる蕪雑《ぶざつ》のものを含めるのみならず、その学問的の思想といへども、多くは、偶感的、断片的にして、未だ一個の学問をなすにいたらざることを看《み》たり。しかもそれらの思想たる、いづれも、諸歌人が苦心の間に感得したる経験の結果にして、その間には、多くの教訓真理を含みて捨てがたきものあり。しかして、殊に近世にいたりては、例へば宣長、蘆庵《ろあん》、景樹《かげき》、御杖、その他、歌格研究家の説のごとく、注意すべき学説尠《すくな》からず。かつ遠く中世の初めより近代にいたる学説の変遷は、おのづから一脈の連絡発展をなして、一般文学史と交渉影響し、吾人のために興味ふかき一現象を提供せり。しかれども、以上の歴史的意義を別にして、従来の歌学の成しゝ所は、素《もと》より未だ不完全なるものあるを見る。その一々に就いて評せむことは必要なかるべけれども、之を概観するに、その所論の拠《よ》るところが、単に和歌、殊に概《おほむ》ね短歌の一小範囲に限られて、その眼孔ひろく一般の詩歌に及ばず。随つて、かゝる狭隘《けふあい》なる見地より立論し来ることゝて、或は和歌の原理を説きても、単にまごころといひ、真情といふにとゞまり、更にそれ以上に及ばずして、古今集序以来、多くの発達を示さざる憾《うらみ》あるがごとき現象を呈せり。然《しか》りといへども、こは従来の歌学者に之を責むべきことにあらざれば別とすべし。しばらく和歌の一途に於いていはむに、①第一に、その考慮専《もつぱ》ら古歌に限られ、自己が作歌の生きたる経験に考ふるところ少なきを始めとし、その古歌の研究さへ、部分的にして全般にわたらず。随つて部分的知識をもとゝして立てたる所論とて、多くは深く和歌の本質に達せず、広く和歌一般に渉《わた》るを得ざる欠点あり。例へば、或ものは、ひとへに万葉を祖述すれば、其の他の古今新古今に及ばず。或ものは、古今を専らとすれば、他を排し、また或ものは、新古今に執して他を斥く。随つてそれらの好むところに泥《なづ》みてたてたる所論、おのづから偏狭にして完全ならざるものあり。即ち真淵一派が真情の思想は、以て万葉古今を説明せむにはふさはしからむも、新古今には妥当ならず。在満《ありまろ》が詞花言葉の思想は、新古今には当らむも、以て万葉古今を律しがたき等これなり。しかして、②第二には、其のそれ〴〵の古歌に対する研究も、概ね極めて概括的にして邃《ふか》からず。ともすれば皮相の観察に陥るものあり。或は万葉、古今、新古今等を論じても、たゞ漠然と論じ去り、その各集に就きて、或は、深く作者各自の特色にもとゐせる個人的歌風を説くにいたらず、或は、ある題目に対する特殊的の研究を為すに至らず、随つて、古来の和歌を解すること精到を欠き、十分ならざる憾あり。この二つの欠点は、従来の学者が、和歌に対して了解会得するところの不完全なりしことを示すものにして、さる不完全なる了解会得に基づける古来の歌論の、未だ完《まつた》からざりしことは、言ふを俟《ま》たざるところなり。しかしてこれを一括すれば、未だ和歌に対する基礎的研究十分ならずといふに帰し得《う》べし。

和歌に対する基礎的研究、これこそは、将来の歌学のために、最も必要なるところなれ。和歌のために完全なる歌学をものせむとせば、この基礎的研究に端を発せざるべからず。以下この点に関して吾人の考ふるところを概説せむ。

まづ、吾人が説かざるべからざるは、和歌に対する理解てふことなり。すべての和歌を研究する人にとりて、まづ必要なるはこれなり。理解すとは、単に文字の意味を知るのみならず、諸時代諸作家の歌に就きて、その情趣その精神を、公平にかつ同情ふかく会得することなり。これなくば、和歌に関する完全なる研究は到底なすべからず。かの「歌は知ることの難きなり」といへるごとく、こは容易なるがごとくにして、難事たり。字句の解釈に専らなれば、和歌の真趣を逸す。しかして趣味は個人によりて異なり。故に、洽《あまね》くかつ深く了解せむこと難くして、ともすれば偏狭に陥りやすし。しかして、かゝる完き了解を得むためには、一つには和歌に対する知識ひろかるべく、一つには自ら少なくとも作者の心中を想像し得る程度まで詠歌の修養あるべし。自ら詠まざるものは、作者に対する同情少なく、その知識、ある時代ある作者に限られたるものは、おのづから偏頗《へんぱ》となり、共に和歌を完全に了解すること難し。

こを根本の条件として、次に必要なるは歴史的研究なり。これ従来未だ開拓せられざりし和歌の学問に就いて、先づ初めに来るべきものなり。しかしてそのまた基礎として、古来の和歌を改選して、諸撰集諸家集中の作を撰抄し縮撮するの必要あり。その標準は、一つには時代的、二つには題目的等あり。前者は、各撰集各家集相錯綜して含むところを、時代の前後によりて整斉《せいせい》し縮撮する事にして、後者は、同じくそれらを、それ〴〵特殊の題目によりて、分類選抜することとなり。これらを根拠として、まづ和歌一般の変遷発達を論ぜし歴史、研究せられざるべからず。そは一般の国文学史、一般の人文史と相交渉して、歌風歌体の変遷発達を明かにし、兼ねて国民趣味の推移に及ばざるべからず。しかしてこれに対して、古来の諸作家諸学者が和歌に就いて懐抱せし意見、和歌に就いて研究せしところの変遷発達を、研究せざるべからず。後者は歌学史の務にして、即ち吾人がこゝに企てしところのものたり。

また、以上の研究の特殊的方面として、一時代、一撰集、一作家を中心とせし特別の研究なかるべからず。

即ち、ある時代、ある歌風、ある作家の特質傾向を精《くは》しく明めて、一般的研究以外、微細にわたりて、種々の問題を論ずる必要あり。まづ時代にていはゞ、藤原奈良時代、文治元久年間、文運復興以降等、撰集にていはゞ、万葉、古今、新古今、玉葉、風雅、新葉等、作者にていはゞ、人麿《ひとまろ》、憶良《おくら》、業平《なりひら》、和泉式部《いづみしきぶ》、西行、定家、為兼《ためかね》、伏見《ふしみ》天皇、正徹《しやうてつ》、長嘯子《ちやうせうし》、景樹、言道、曙覧《あけみ》等、歌学にていはゞ、中世の六条家、二条家の歌学、近代の真淵、宣長、蘆庵、景樹、御杖、守部など、殊に興味ある問題なるべく、また古来の和歌にうたはれし主なる特殊の題目に就いて研究し、各時代、各作家の自然人世に対する趣味、思想の変遷等を考ふるも、必要なるべし。

歌学は、もとより以上に尽きず。否、他にむしろその主要の部分として、和歌の理論を説く歌論の方面あり。即ち本書に述べし古人の研究を大成し、その他の歴史的研究を基礎とし、しかして自己の経験、自己の考案を以て之を組織したる、一系の歌論の建設せられざるべからざること、これなり。しかして、これ最も多く、今後の研究に俟つべきものなり。[14]

第二段落は、信綱がこれまでの歌学史がどのようなものであったと考えているかをまとめた部分である。「諸歌人が苦心の間に感得したる経験の結果」として、「多くの教訓真理」を含んでおり捨てがたいものもあるが、多くは「偶感的、断片的」であるとする。特に、中世歌学には「学問的ならざる蕪雑のもの」――いわゆる秘儀性――が含まれていると手厳しい。また、近世に入ってなされた本居宣長、小沢蘆庵（一七二三―一八〇一）、香川景樹（一七六八―一八四三）、富士谷御杖らの研究にも見るべきものがある。「歌格研究家」とは、古歌の構造を研究する国学者らを指すのであろう（たとえば、橘守部の『長歌撰格』『短歌撰格』〈いずれも『日本歌学大系』別巻九に所収〉などが、その業績に当たる）。しかし、これまでは「一小範囲」に限られており、「狭隘なる見地」から立論している点で「不完全」だとするのである。

これまでの歌学史が抱えていた欠点の指摘は、続いて述べられる二点において、具体的になされる。第一（傍線①）に、（甲）論者が自らの作歌経験に拠って考えることをせず、かつ（乙）全時代にわたっておらず、和歌の本質に到達していないことが挙げられる。これが第一の欠点である。このうち、（甲）についてだが、近世の賀茂真淵や香川景樹らには創作と理論の両面があったはずだし、遡って定家にもそのような一面はあった。これを信綱はどう考えているのだろうか。信綱は「或ものは、ひとへに万葉を祖述すれば、其の他の古今新古今に及ばず。或ものは、古今を専らとすれば、他を排し」とも、「真淵一派が真情の思想は、以て万葉古今を説明せむにはふさはしからむも、新古今には妥当ならず」とも述べており、おそらく、（乙）の点、すなわち全時代にわたっていないために、これまでの考察は不十分と捉えているのであろう。

さらに（甲）について触れておくと、信綱自身にはその主張の通り創作と研究が合致する面があったわけだ。今日では研究が細分化されてしまい、より深く専門性を探究しなくてはならず、研究者が実作を兼ねるのは難しくなってしまったが、信綱からすると、作歌もしていない人間が歌の勘所をどうして押さえられるのかということになるのだろう。歌の表現のいちいちにこだわって詠じていてこそ分析も可能になるというわけだ。ただ個人的には、実作することで主情が際立ち、逆に作品を客観的に評価できなくなるのではないかとも感じるのだが、この点については、「まとめ」でも触れたい。

（乙）についてもさらに言うと、信綱の行動にはなんであれ〈全体性〉を希求する姿勢があったことに気付かされる。時代の始まりの啓蒙的な大学者にはそういった傾向があるのではないだろうか。まだ制度が未熟な時代には、大きな見通しを持った教養が提示されねばならない。近世初期の儒学者林羅山《はやしらざん》にも〈全体性〉を求める姿勢が強くあったことが思い起こされる。(15)

第二（傍線②）の欠点の指摘としては、歌人独自の歌風や歌材に特化した表現を分析せず、表層的な考察にとどまっているとしている。

第一、第二の点を総合すると、信綱は、作歌経験を踏まえつつ、通史的に捉え、本質的な表現論を探究せよと主張していると知れる。

さらに述べられるいくつかの論点についてもまとめておきたい。

まず「和歌に対する理解」とはどういうことかが述べられる点が注目に値する。それは、「諸時代諸作家の歌に就きて、その情趣その精神を、公平にかつ同情ふかく会得すること」なのである。「公平に」というのが肝要で、そのことは（乙）の全体を求める態度と通じ合っていよう。

次に「歴史的研究」の必要性を説き、特に「古来の和歌を改選して、諸撰集諸家集中の作を撰抄し縮撮するの必要あり」とする。すなわちアンソロジー（詞華集）を編むことが重要だというのである。秀歌選のようなものなら、百人一首をはじめとして数多くのそれが作られている（たとえば『日本歌学大系』別巻六参照）。しかし、信綱が構想しているのは、もっと歌数の多い、そして『万葉集』から近代まで満遍なく秀歌が網羅されているものなのであろう。ここでも全体性への希求がなされているのである。今日で言うと、秋山虔他編『日本名歌集成』（學燈社、一九八八年)、井上宗雄・武川忠一編『新編和歌の解釈と鑑賞事典』(笠間書院、一九九九年)、佐佐木幸綱・復本一郎編『三省堂名歌名句辞典』(二〇〇四年)などがそれに該当しようか。たしかにこういった書によって、時代ごとの歌風の変遷や個々の歌の味わいが一望のもとに見渡せるので、和歌史を考える上で非常に便利な営みと言えるだろう。それを強調するところにも、信綱の着眼のよさを見て取れると思う。

最後に、「一時代、一撰集、一作家を中心とせし特別の研究」も必要だと述べる。最初に全体を押さえた上で、ここではそれぞれの深まりをも模索する、というふうに、バランスの取れた主張をしているのである。このバランス感覚のよさというところも信綱の真骨頂であろう。今日の和歌研究では、「一時代、一撰集、一作家を中心とせし特別の研究」の方がむしろ普通であろう。それだけ研究が深化しているのである。しかし、信綱が『日本歌学史』で示したような、日本文学全体を見晴らすような視点も一方で持っていないと、木を見て森を見ずのような近視眼的な視点しか持てなくなってしまうだろう。今日でも、信綱から学ぶことはまだあるのである。

2　和歌と時勢の関わり

続いて、『歌学論叢』(博文館、一九〇八年刊)の中から「和歌と時勢」を引こう。

「時勢」という視点は、やはりテーヌの三つの視点の一つ「時代」から学んでいるのではないかと思われる。その主張の大体は、和歌は時勢との関わりが薄く、それは和歌の特殊な性格(階級性、題詠・用語の呪縛、即興性と日常性)によって生じていること、しかし、国家が繁栄し国民の精神活動が充実している時や国家に事変が生じた時にさかんになること、専門の歌人が和歌革新について自覚的に志すのは前者の時期においてであることなどであろう。

言ふまでもなく、人の心は時勢の影響を受けざるを得ぬ。詩歌が人心の声である以上、そが時勢の影響を受くるは、又必然の数である。さらば、この時勢との関係は、我が国の和歌の歴史に於《お》いては、如何に現はれてゐるであらうか。

従来和歌は、一面、実世間と没交渉なる文芸の如き観があつた。吾人はまづこの点に就《つ》いて考へねばならぬ。或は国内兵乱の巷《ちまた》と成つて、人心恟々《きようきよう》たる時代の歌人の詠ずるところが、毫《がう》も時代の影響なく、依然たる花鳥風月の吟詠であつたり、或は又個人にして複雑多様な閲歴を経た人の歌の、尋常一様さらに特色なき如き、その例少くないのである。これらは何に基づくかと言ふと、和歌に、人心もしくは時代思想の自由なる発表を妨げる特別な性質があつたからである。さらばその特別な性質は何ぞ。第一に挙ぐべきは、和歌が平安朝以後、宮廷もしくは、上流といふ非活動的な社会の一小部分の文学(もしくは遊戯)となり了つて、一種の慣習のうちに囚《とら》へられ、活社会の活生活と交渉なきものとなつたこと。第二には、第一に伴なつて、和歌の題目用語に自ら制限を生じ、従つて和歌の為に一種の狭隘《けふあい》な天地が作られ、自由なる思想の発表を妨げたこと。第三には、和歌の短詩形なる、従つて即興詩的なる性質上、自ら最もよく歌はれる所の思想感情が、総ての人がいつでも同じやうに感ずる、一寸した平常普通の端的なる思想感情にあつたこと、従つて時代もしくは個人の特色の十分表はるゝに至らなかつたこと、これらである。

斯《か》くの如き理由よりして、和歌は時勢との交渉が切実で無かつたのは、蔽《おほ》ふべからざる事実である。併しそれにも関はらず、吾人もし更に精《くは》しく和歌の歴史を大観し来ると、その間に、なほ和歌の発達変遷が、時勢のそれと交渉し影響し来つた事実を認め得るのである。

まづ和歌は、如何なる時勢に於いて盛んであつたかと考へるに、そはもとより一般の文芸と共に、国家繁栄して、文運また隆盛に、国民の精神活動の充溢《じゆういつ》し旺盛なる時代に於いてである。而してかゝる時代には、一般に和歌が盛んであつたのみならず、多くの作家が輩出し、多くの傑作が作られた。彫刻建築等燦爛《さんらん》たる当時の芸術の美をも凌駕する万葉集を産した奈良時代。国民自覚の声として優雅なる国民趣味を代表すべき古今集を出した延喜《えんぎ》の治世。或は又文芸復興の気運と共に、数多の名作家を出した徳川時代など、これである。第二に注意すべきは、国家に事変が生じた時代である。是等の時代には、国民の思想感情が鋭敏になつてゐる故、或は悲痛、或は慷慨、真にその時代の人心に接触した傑作が現はれた。素《もと》より一般に文芸を楽しむ暇などの無い時代である故、一般の文芸と共に、全体として和歌は衰へてゐる。それにも関はらず、千載の後まで伝はつて、人を感動さするやうな不朽の作品は、却つてその間に出来たのである。例へば韻文の平家物語ともいふべき右《う》京大夫集《きやうのだいぶしふ》を出した平家時代。新葉集《しんえふ》に激越《げきゑつ》の調を伝へたる南北朝時代。もしくは幾多の志士の詠に悲憤の響を宿せる幕末の時代、等である。太平が続いて、人心倦怠したる精神上沈滞の時代、若しくは人心専ら物質上の功名利欲に走りて、争奪これ事とし、文芸を味はふ余裕なかりし時代は、一般の文芸と共に和歌も衰へ――或は量に於いては衰へざりしとするも――何等の名作を遺さなかつた。例へば、奈良朝の終、平安朝の中葉、及び足利時代から戦国時代へかけての間――彼の古今伝授はこの間に起《おこ》つた――など、これである。さて最後に、特に西行、俊成、定家等の巨匠輩出した、新古今集及び当時の歌風に就いて言はねばならぬ。当時の歌を考へて来ると、上述の和歌対時勢の関係の二方面が、共によく現はれてゐる。第一に、当時の歌の、絢爛《けんらん》華麗の極《きはみ》に達した修辞は、これ和歌の宮廷文学として発達し来つたその絶頂を示すもので、源平戦乱の余波未だ衰へず、陰雲暗澹《あんたん》たりし当時の時勢の影響は、少しも認められぬ。しかもこれに対して、第二に、その有心幽玄てふ歌風に於いて、時勢と交渉してゐる。即ち保元平治の乱、平家没落の事変が、人心に及ぼした影響は、一種の厭世観となり、一種の仏教的唯心的傾向を人心に与へ、それと共に、趣味も、その傾向を帯びて来て、終に和歌の上に、この情趣を与へ来たものと考へられる。西行の歌の如き、この意味にて、やはり時代の影響を伝へて、実に当時の歌風の幽玄なる方面を最もよく代表せるものと言へる。

さて先に述べた如く、事変のあつた時代の作には、中々に人心を感動さする名歌の多いのであるが、併《しか》し専門の歌人が、自覚して和歌の振興革新を志したのは、如何なる時代に於いてかと考へるに、こは沈滞衰頽《すいたい》の時代を経て、国家の文運が隆盛に向つた、その気運に乗じてである。例へば、藤原朝に、天才人麿《ひとまろ》が出でて和歌を振興したる。歌才に於いては大ならざりしも、和歌の復興に力をいたし、貫之が、平安朝の初期に出でたる。好忠《よしただ》が平安朝文学勃興の時代にいでて、歌壇に一新機軸を出《いだ》さむとしたる。元禄の始め、文芸復興の気運に乗じ、戸田茂睡いでて二条冷泉の歌風に反抗したる。いづれも然《しか》り。かく考ふれば、明治の歌壇に起つた和歌革新の挙も、実に廿七八年戦役後、国民の自覚、国運振興の勢に伴なつたものに外ならぬ。——桂園派の余弊《よへい》に陥つて、殆ど生趣なく、活気なかりし当時の歌壇は、実に沈滞死せるが如きものであつたのである。爾来《じらい》十余年、歌壇の形勢は日に新たであるが、第二の我が国文運の変転期たる三十七八年の戦捷《せんせふ》は、果して如何なる影響を我が和歌に与ふべきか。吾人は未だその明らかに現はされたるを見るを得ないが、必ずや一の大なる動力となつて、わが歌壇の潮流の底に潜んで居るあるを信ずる。その如何に現はれむかは、吾人の刮目《くわつもく》して待つ所である。

最初に述べた和歌の特殊の性質について最後に一言する。その時挙げた三つの理由のうち、第一の、上流文学たりしこと、第二の、題目用語の制限せられしことの二つはもとより、第三の即興詩的性質も、半《なかば》は和歌そのもの丶性質ではなくして、歴史上偶然得来り、終に習ひ性となつたものである。かくの如きは、思想の自由の発表を妨げて、和歌の真生命を害《そこな》ふもの故、吾人があくまでも打破せねばならぬもの、また吾人が詠み破り得るものであると信ずる。吾人はこの明治の新時代に伴なつて、革新の気運に向《むか》へる和歌の志すべきところの重なるものは、実にこれらの習慣性を打破して、和歌をして更によく、生きた時勢の生きた思想に触れた、生命のある、而《しか》して又よく作者各自の個人性を発揮したもの、即ち人心の真の声たらしむる点に存すると思ふ。(16)

まず述べられるのは、和歌はなぜ時勢との関わりが稀薄になるのかという理由についてである。それは和歌に内在する特質による。第一に、貴族社会の内側に閉じ込もって「活社会の活生活」と没交渉になってしまったこと、第二に題詠（設定された歌題によって想像を働かせて歌を詠むこと）の発達や用語の限定によって、美意識が狭く固定化されたこと、第三に、即興的に、万人に共通する日常的な思想や感情を表していたこと、などが掲げられる。

その上で、和歌と時勢の関わりが深い時代も二つあったとする。それは、一つは「国家繁栄して、文運また隆盛に、国民の精神活動の充溢し旺盛なる時代」においてである。具体的には、『万葉集』が生み出された「奈良時代」、『古今集』が撰進された、醍醐《だいご》天皇の「延喜の治世」、そして「徳川時代」である。もう一つは、「国家に事変が生じた時代」である。こちらは、『建礼門院《けんれいもんいん》右京大夫集』などが出た「平家時代」、『新葉和歌集』が編まれた「南北朝時代」、志士たちが歌を詠じた「幕末」などがそれに当たる。

一方、「太平が続いて、人心倦怠したる精神上沈滞の時代」や「人心専ら物質上の功名利欲に走りて、争奪これ事とし、文芸を味はふ余裕なかりし時代」には、和歌は振るわなかった。「奈良朝の終」（『万葉集』編纂以後）、「平安朝の中葉」（『金葉集』『詞華集』の編まれた頃）、「足利時代から戦国時代」（後柏原天皇の宮廷歌壇などがあった時代から安土桃山時代まで）などである。

さらに、『新古今集』には和歌と時勢との関わりに二面性が見られるとして、「当時の歌の、絢爛華麗の極に達した修辞」が発達したのは、戦乱の世の余韻があった時代であるが、時勢との関わりは見られないとする一方、「有心幽玄てふ歌風」については時勢との交渉が色濃いとする。

また、「専門の歌人が、自覚して和歌の振興革新を志した」のは、「国家の文運が隆盛に向つた」時代であるとして、柿本《かきのもとの》人麻呂（『万葉集』の歌人。天武《てんむ》・持統《じとう》・文武《もんむ》朝に仕えた。後世、山部赤人《やまべのあかひと》とともに歌聖と称された）、紀貫之（平安時代前期の歌人。『古今集』の撰者）、曾禰《そね》好忠（平安時代中期の歌人）、戸田茂睡（江戸時代前期の歌人）らの名を挙げる。

なお、「三十七八年の戦捷」とは日露戦争を言うが、このことによって和歌がどう変わるかという興味も示される。帝国主義下における信綱の立場を端的に表している箇所として指摘しておきたい。

最後に、和歌の「習慣性」（階級性、題詠・用語の呪縛、即興性と日常性）を打ち破って、「生きた時勢の生きた思想に触れた、生命のある、而して又よく作者各自の個人性を発揮した」和歌作品の制作を提唱する。特定の階級ではなく万民が詠み、歌題・用語などの固定化された美意識に縛られず、あらゆる題材に取り組み、個性を発揮する詠歌態度を言うわけだ。「広く、深く、おのがじしに」という信綱の主張とも通じ合うものがある。言い換えれば、『古今集』を規範として特定の美意識を改変しつつ新しさを追究した古典和歌から、個性が尊重され自由な題材を用いた近代短歌への転換を促す発言とも捉えられるだろう。

3　今後、和歌はどう詠まれるべきか?

今度は、『歌学論叢』所収「和歌の将来」を引く。

古典和歌研究での経験を踏まえ、歌人としての立場によりつつ、今後の和歌のありかたを予測するという内容である。五七五七七という歌形はきわめて有益であること、ただ、ことばも内容も自由に広げてよいこと、などが述べられる。


この問題の和歌とは、即ち短歌のことであらうから、其《その》つもりで答へる。

さて此《この》問題は、和歌の将来は如何になるであらうかと云ふことゝ、和歌の将来は如何にすべきかと云ふことゝ、二つにならうと思ふ。

第一のものは、和歌の将来に対する観測である。予言である。斯《かか》ることを理論的に解決し得るものか否か、出来た所で果してどれほどの功があるか、疑はしい。兎に角自分は殊に作家として、余りその必要を認めない。これは畢竟《ひつきやう》実際上の解決に俟《ま》つべきであつて、和歌の将来は、我々が微力を尽《つく》して、出来る丈《だ》けそれを創り出してゆく事によつて解決すべきであると思ふ。故にこれに就《つ》いては何もいはぬが、唯一言《ただいちげん》しておきたいのは、世のよく数学上短歌の作り得べき数に限あると云ふ事から、短歌の将来を咀はうとする論についてである。是はもとより早計であつて、現在に於いて我々はその為何らの不便を感じない。類想と云ふ事も、そを避ける事が中々に我々の技倆《ぎりやう》のふるひ所とこそなつてをれ、その為別に煩はされる事はない。否、更に更に類想と云ふやうなものが多くなつて来ようとも、歌をよむ事が文字の器械的排列でない以上は、その為累せらるゝ事は極《ごく》少いと思ふ。

第二の問題は即ち、将来如何に和歌を発展せしめゆくべきかと云ふのであつて、吾人《ごじん》が答へむとするのは此点である。

先づ第一に詩形である。三十一文字の短歌の形式は、将来そのまゝに採り用ゐるべきか、何らか改良を施すべきか、はた又他のものを以て代《かは》らしむべきか如何と云ふ問題である。思ふに必ずしも三十一文字の詩形のみに拘《こだ》はるべきではないのはもとよりであるが、併《しか》し又此形式は此形式で、これを捨て若《も》しくは変更すべき必要もない。元来和歌二千年来の歴史に考へて、一句の字数に、一編の句数に、長短さま〲の混沌たる中より、短歌の形式が有力になつて、紀記万葉以来の生命を保つてゐるのは、他にさま〲の原因もあらうが、又一には此詩形が国語の性質上適合せるものである故で此歴史上に有する根拠は、益々複雑に成つてゆく社会に此短詩形は適しないと云ふ位な漠然たることで未だ破れないと思ふ。否、吾人は、社会万般の事、従つて我々の思想が複雑に成りゆくにつれて、それに伴なつて、短歌にうたふべき思想、短歌の形式に適した思想も益々殖《ふ》えてゆくと思ふ。吾人は新体詩の将来に期待するところ多く、又適当なる新詩形の生ぜむことをも欲するが、併し又短歌は、少くともまだ〲短歌として存在してゆく価値があると思ふ。

従つて二千年来の長い歴史に、短歌の妙所は大低発揮し尽されたと云ふやうな臆説は顧みるに足らぬ。古来、時代により、作者により、いろ〳〵な歌風はあるが、つまる所、万葉風、古今風、新古今風の三つの風をいでぬ。吾人はまだ〳〵これ以上に和歌の境域を開拓し得ると信ずる。

これは和歌に対する吾人の信念である。次にその将来発展せしめゆく理想ともいふべきものについて述べよう。

十数年前から、文壇に和歌の革新てふ事がいはれ、吾人もその一人として、自ら聊《いささ》か微力を尽し又尽しつゝあるが、此革新といふことは、畢竟従来の歌風に対する自覚的反抗であつた。当時の歌壇は、景樹派の所謂《いはゆる》調べの末に流れ、歌はまごころであるといふ説の弊《へい》に陥りて、唯ありのまゝをのみ述べて何等の生命なく、搆想題目の陳腐平凡を繰返し、歌の芸術品たる方面などは閑却して居たものであつて、是に対して吾人が反抗し主張したのは、まづ着想といふことを重んじ、詩趣といふことを眼目としたことである。而《しか》してこれと共に、従来の形式的な、狭く限られた和歌の天地を、もつと自由な、深くも広くも、大きいものとし、専《もつぱ》らわが衷にまことに感じた、いきた感想はもとより、いろ〳〵の境遇、いろ〳〵の性情の人の心になりかはつて、その様々の事物に対して抱く思《おもひ》を自由にうたふといふ事を根本とした。これは吾人がその時以来、今に至るまで採つてゐるところで、思ふに将来の和歌に対する覚悟も、此理想を益々実現してゆくのみで、根本に於いてはこれに変らぬ。

かるが故に、吾人は和歌に用ゐる詞や、その語法などに於いても自由な考であつて古語の復活はもとより、（紀記万葉の歌などには、詩趣のある語が多くある）俗語も、新造語も取り用ゐる。併し此方面に対する吾人の考は寧《むし》ろ漸進的である。思想や着想の清新自由といふ事に比しては、詞や句法は、和歌そのものゝ風致といふものを損はない範囲に幾分抑制して、漸次に進んでゆきたい。詩歌に於いては、或る程度まで旧き革嚢《かはぶくろ》に新しき酒を盛つて行かねばならぬと思ふ。否少くとも酒を換《か》ふるに先だつて、嚢を換ふべきでは無いと思ふ。吾人は此故に、徒《いたづ》らに言語の技巧の末にわざとらしき新奇を弄する歌をとらず、又口語のみを以てつづる和歌を俄《にはか》に詠まむとは欲せぬ。さりとて彼の擬古派の、たゞ古言古風にならふのに反対するのはもとよりである。

　それから、如何なる方面に将来の短歌は発展せしむべきかといふ事に就いては、その大体のことは已《すで》に言つた通りで、深くも、広くも、大きくも、細かくも、凡《すべ》ての点に於いて発展せしむべく、和歌本来の、情を述べ景を叙して、或は優美繊細に、或は余韻的なる特長はもとより、又荘重雄健の調平淡の風等も発達させたい。が、是と共に、更にその以上に、古来の歌に寧ろ欠けて居た思想の深み、或は人事に於ける滑稽とか洒落とかの趣味、また格言めいた理屈に陥らない趣ある諷刺のやうな風も詠み開いてみたい。殊に後者には、その短詩形たることが大に便利をなして居ると思ふ。従来の単調を破つて、複雑なる結構をとらへるといふのはもとより望ましいが、よく趣向の中心をとらへて、徒らに混雑の感あらしめない用意はどこまでも必要であらう。長い詩形にうたはゞと思ふやうなのを無理に押込んで、その弊難解に陥るやうな歌は吾人はとらぬ。複雑なる思想を歌ふには、古くあつた連作といふものゝ如きも、なほ新らしく詠み試みて見たいと思ふ。どこまでも短歌は短歌として発展させたく、又発展せしめ得ると思ふのが自分の考である。

　大体以上の如くであるから、此処に筆をおくが、最後に一言しておきたいのは、社会一般の趣味の開拓に於ける和歌の力である。この力の大なることは、吾人は長き経験上たしかに認めてゐる。こは言ふまでもなく、将来国民文学の美しき花を咲かしむべき土地を耕すといふ点に於いて、見のがすべからざることである。また一つは文学上修養の予備としての価値である。自然人事のこまかき情趣に心を潜めるといふこと、短き詩形のうちに長き思想をこめて完《まつ》たからしめる工夫、いづれも少なからぬ功があると思ふ。此点から見ても、和歌は将来益々盛に発展させてゆくべきである。

以上自分の思ひ浮んだまゝを述べて見た。幸に諸氏の高説を聴いて自ら開発するところがあらう。（早稲田文学社の問に答ふ）(17)

信綱は、和歌を将来にわたってどう発展させていくかについて、前向きに三つの提言をしている。

第一に、五七五七七の詩型は日本語の特質にも合っており、変更する必要はないとする。実際、『万葉集』以来ずっとこの詩型は採用されてきているわけで、日本文化にきわめて適合していると言えるだろう。そういった歴史的伝統に対する信頼感によって、この詩型を支持すると言うのである。もっとも、信綱は新体詩にも期待するし、新しい詩型が出てくることがあってもよいとも述べて、頑なに五七五七七のみを守ろうとしているわけではない。

第二に、用語の自由さを提唱する。古語も俗語も新造語も用いて多彩に詠んでいいのだとする。この発言は、「広く、深く、おのがじしに」の「広く」に該当しよう。

第三の点も、「広く」に属する事柄なのだが、内容も拡大させてよいとする。和歌がもともと持っていた抒情的、叙景的なものはもとより、従来は欠けていた思想性や滑稽・洒落・風刺といった側面も肯定的に扱おうとする。

ここでは、古典和歌が持っていた詩型を維持しつつ、用語や内容を拡大していくことで新時代に適応させたいという、信綱の歌人としての狙いが見て取れるだろう。やはり「広く、深く、おのがじしに」なのだ。

なお、右の論は、当時、短歌の将来に対して否定的な見解が存在していたことへの反論としても書かれている。『歌学論叢』の刊行された明治四十一年以後ではあるが、参考までにそのような論説を二つ紹介しておく。

歌人の尾上柴舟《おのえさいしゅう》（一八七六―一九五七）は「短歌滅亡私論」を明治四十三年に書き、現在の短歌が三十一音の形式や古語を用いることに対して負の評価を与えている。(18)

折口信夫が短歌滅亡論である「歌の円寂する時」を書いたのは、大正十五年七月号の『改造』の特集「短歌は滅亡せざるか」においてであった。折口はそこで「歌はこの上伸びやうがない」「歌は既に滅びかけて居る」と述べている。(19)

4　恋歌についての意見

信綱の「恋歌につきて」という、明治三十一年（一八九八）四月号の『こころの華』に載った文章を掲げる。宮崎県の都城に住む速見晴文という人物から、恋歌を否定する文章が送られてきたのに対して、信綱の考えを述べるものである。

さいつ年物しつる歌のしをりを見給ひぬとて、恋歌論といへる一篇を、ふりはへ示したまへる、境はへだゝれど、道のため隔てぬ御志、いともよろばしうこそ。さばれおぼしき事いはぬは中々にゐやなきわざなれば、かつ〴〵申し述べてむ。御あげつらひをよみあぢはひ侍るに、恋といふこゝろを、あしき方にのみとり給へるが如し。又世々の勅撰の集にあなる恋歌をのぞきすつべしとあるも、あまりにかたよりたる御考にはあらざるべきか。歌はもと、人のおもひをのぶるものにしあなれば、恋しとおもひ、なつかしとしのぶ情のなくばこそあらめ、さる情はおのづから人にそなはりたる情にして、さま〴〵の情の中にも、もともあはれの深き情なれば、その恋しとおもひ、なつかしとしのぶ情をうたひいでむに、何のさはりか侍らむ。ことに恋といへるは、たゞ男女の間のみにはあらで、父子兄弟夫婦の相おもふも、又恋なるをや。かく申さば、かの歌のしをりに恋歌をもらせる説とは、うらうへのやうに侍れど、さにはあらず。かの書はむねと若き人を導かむたづきにものしつれば、はぶき侍りしにて、恋の歌を、歌の中よりはぶかむとせしには侍らざりしなり。この恋歌につきて、先達のあげつらひしむねを見侍るに、大やう今申しゝおもぶきにもたがひ侍らず。まづ鈴屋翁の石上私淑言《いそのかみささめごと》にいはく、『歌は物をあはれと思ふにしたがひて、よき事もあしき事も、只その心のまゝによみいづるわざにて、これは道ならぬ事、それはあるまじき事と、心にえりとゝのふるは本意《ほい》にあらず。すべてよからぬ事をいさめとゞむるは、国を治め人を教ふる道のつとめなれば、よこさまなる恋などは、もとより深くいましむべき事なり。さはあれども、歌は其《その》教の方には更にあづからず。物のあはれをむねとして、すぢ異なる道なれば、いかにもあれ、其事のよしあしをば打すてゝ、とかくいふべきにあらず。さりとて其あしき振舞をよき事とて、もてはやすにはあらず。たゞ其よみ出る歌のあはれなるを、いみじき物にはするなり。』又横井《よこゐ》千秋《ちあき》ぬしの詩歌論に、『俊成卿の歌に、恋せずば人は心もなからまし物のあはれもこれよりぞしる、とある如く、物のあはれをしる事恋にしくはなく、恋の歌にしくはなし。かくいはゞ、人に恋せよとすゝむる如くに思ふ人ありなむか。然にはあらず。昔も今も此恋のまどひによりて、身をはふらかし家をみだし、国をほろぼす者の数しらず多かる事は誰も〳〵よくしれる事にて、いはむも今更なり。然はあれども、唐土などの教の如く、これをかたはらよりしひていましめとゞめむとするは、たとへばあふるゝ水の源をすておきて、流の末をせきとめむとするが如くにて、中々なるいたづらわざなり。然るに、物のあはれをしるといふは、その源よりよくみちびく故に、末はせきとゞめねどもあふるゝ事なきが如し』とみえ、桂園翁の秋元公英に答へられし書に『古今以後ことに是をとりわきて恋歌といふ。謂《いはれ》なきにあらず。古へはむこすみて夫婦となりても、只《ただ》女の家に行きかよひしなり。さるは物語ぶみなどにて見るべし。さるから夜に行き暁に別るゝなど、常の事にて、さる中には、自ら世に忍び親にかくるゝ事なからむやは。かつ郡県の世は、世の中大方旅ずまひに似たり。時勢を知りてさる恋情おもひはかるべし。今の心より、古へをいぶかしみ、夜行き暁に別るゝ歌をば、みな邪婬と思ひとれるは誤なり』といはれたり。此説ども、一は歌の教の方にあづかるものならずといひ、一は物のあはれを知るは、直《なほ》きまことの心なる事をいひ、一は時代のかはりある事をときあかされたり。かゝれば恋の歌をひたすらによまず、古き集どもをさへはぶかむと諭らひ給ふは、いかにぞや。猶《なほ》思ひとり給へるふし〴〵は、つゝまはず示し給はゞ、道の為いとも嬉しき限になむ。軒端の梅やゝちり方になりぬれど、折々はさえかへる風身にしみ侍る頃、よはひたかき御身、いたはらせ給へや。あなかしこ。(20)

雅文調でわかりにくいかもしれないので、いくつかの語の意味を記しておく。「ゐやなき」は、無礼な。「もとも」は、最も。「うらうへ」は、反対。「たづき」は、手段。「よこさま」は、非道な。「はふらかし」は、放浪させる。「中々なるいたづらわざ」は、かえって無駄な行い。

勅撰集に載る恋歌を否定的に扱う速見氏に対して、恋心がいかに深い「あはれ」を表すものかを述べて肯定的に捉え、かつての著書『歌の栞』（一八九二年刊）で恋歌を漏らしたのは若者を教え導くためであって、恋歌を排除しようとする意図はなかったとする。そして、本居宣長（「鈴屋翁」）の『石上私淑言』（『日本歌学大系』第七巻、三八八—三八九頁）、横井千秋（宣長門の国学者・歌人。一七三八—一八〇一）の『歌と詩のけぢめを言へる書』（同、四二一頁）、香川景樹（「桂園翁」）の『桂園遺文』所収「秋元公英が尋にこたふる文」（『日本歌学大系』第八巻、二三八頁）を引用しながら、和歌は必ずしも倫理的なものに捕らわれなくてもよいこと、「物のあはれ」を知るには恋をするのがよいこと、かつては通い婚であったので、それを後代の人が「邪婬」と見るのは誤りであることなどを指摘している。信綱自身はきわめて倫理的な詠み振りで、たとえば明星派のような官能的な歌は見られない。しかし、恋心が持つ甘美さを理解し、恋歌にも一定の理解を示そうとするところに、信綱の持つバランス感覚も見て取れよう。

『歌の栞』を著したのは二十一歳の時、右の文章は二十七歳の時であり、歌人としてより成熟していたことが、余裕のある態度になっているのかもしれない。

なお、恋の歌は、その心が人間の心から出た真実の情の一つである限りは肯定的に扱われるべきで、ただし「婬風」に陥ってはならないというような説が堂上歌論『詞林拾葉《しりんしゅうよう》』（似雲問・武者小路実陰答、正徳四年〈一七一四〉七月一日条）にあり、すでに江戸時代にも議論はあった[21]。この『詞林拾葉』は、『日本歌学大系』第六巻（三八七頁参照）に収められており、信綱もそれは承知していたろう。

（1）『改訂日本歌学史』（博文館、一九四一年）中世歌学第五章「藤原俊成及び其の時代」。『佐佐木信綱歌学著作覆刻選』第二巻（本の友社、一九九四年）四二頁。

（2）　注（1）第八章「二条家対毘沙門堂家」。『佐佐木信綱歌学著作覆刻選』第二巻、八六頁。

（3）　林達也「後陽成院とその周辺」『近世堂上和歌論集』明治書院、一九八九年、島原泰雄「後水尾院とその周辺」同上、鈴木健一『近世堂上歌壇の研究』汲古書院、一九九六年、増訂版、二〇〇九年、久保田啓一『近世冷泉派歌壇の研究』翰林書房、二〇〇三年、大谷俊太『和歌史の「近世」　道理と余情』ぺりかん社、二〇〇七年、高梨素子『後水尾院初期歌壇の歌人の研究』おうふう、二〇一〇年、日下幸男『後水尾院の研究』勉誠出版、二〇一七年、盛田帝子『コレクション日本歌人選77　天皇・親王の歌』笠間書院、二〇一九年、海野圭介『和歌を読み解く　和歌を伝える――堂上の古典学と古今伝受』勉誠出版、二〇二〇年、大山和哉「後水尾院歌壇における漢文学の利用」『同志社国文学』二〇二〇年三月などの他、多くの研究がある。

（4）　日本近世文学会二〇一六年度秋季大会（十一月十三日、於信州大学）ラウンドテーブル「近世文学研究の黎明」。『近世文藝』（二〇一七年七月）に、井上泰至氏の報告が載る。

（5）　『日本歌学大系』第六巻（風間書房、一九五六年）一〇六―一〇七頁。

（6）　長島弘明編『言語文化研究Ⅰ　国語国文学研究の成立』（放送大学教育振興会、二〇〇七年）第四章「文学史の成立」四二頁。

（7）　田中康二『本居宣長の国文学』（ぺりかん社、二〇一五年）第二部第三章「文学史成立史」。

（8）　『うひ山ふみ　鈴屋答問録』（岩波文庫、一九三四年）四三―六二頁。

（9）　注（7）田中書三〇六―三〇八頁。

（10）　鷹津義彦「文学史」（『万有百科大事典』第一巻、小学館、一九七三年）などを参考にした。

（11）　『世界大思想全集』第二十三巻（河出書房、一九五三年）一九七・二〇〇・二〇一・二〇四頁。平岡昇訳。

（12）　河内清「テーヌと『小説神髄』――「小説の主眼」の章をめぐって」『文学』一九七七年六月。

（13）　瀬沼茂樹「社会学と文学　H・テーヌ」『国文学　解釈と鑑賞』一九五九年十一月。『桜の実の熟する時』の引用は、

『藤村全集』第五巻(筑摩書房、一九六七年)五二五―五二六頁。
(14) 注(1)結論。『佐佐木信綱歌学著作覆刻選』第二巻、三六一―三六四頁。
(15) 鈴木健一『林羅山』(ミネルヴァ日本評伝選、二〇一二年)一〇―一一頁。
(16) 『佐佐木信綱歌学著作覆刻選』第一巻、一―七頁。
(17) 注(16)五一九―五二五頁。
(18) 『明治文学全集』第六十三巻(筑摩書房、一九六七年)一八〇頁。
(19) 『折口信夫全集』第二十九巻(中央公論社、一九九七年)一一頁。
(20) 『明治文学全集』第六十三巻(筑摩書房、一九六七年)三二頁。
(21) 林達也「近世和歌研究の諸問題」『江戸文学』二〇〇二年十一月。

第三章　万葉学への情熱

信綱が関わった最も重要な古典は、言うまでもなく『万葉集』である。それについて言及したものとして、「校本万葉集について」「英訳万葉集に就いて」「万葉学の綜合集成を喜ぶ」「万葉集と植物」（いずれも『佐佐木信綱文集』に所収）の四編を掲げてみたい。これらからは、信綱の業績が具体的にどう結実していくかや、信綱の『万葉集』にかける情熱がいかに大きいかがわかって非常に興味深い。ただ、あまり理論的なことは書かれておらず、その点、物足りなく感じられるかもしれないが、具体的なありかたを汲み取っていただきたい。

なお、ここで、信綱が関わった『万葉集』関連の業績の主なものを参考のため列挙しておこう。

明治二十四年　父と共編の『日本歌学全書』に『万葉集』が収められる。
同　四十三年　元暦校本万葉集、発見。
　　　　　　『藍紙本万葉集』刊。
同　四十四年　『万葉集古写本攷』刊。
同　四十五・大正元年　文部省文芸委員会より『万葉集』校本作成を委嘱される。
大正　二年　西本願寺本万葉集、発見。

同　五年　東京帝国大学より『万葉集』校本作成を委嘱される。

『万葉集選釈』刊。

同　八年　『古河家本元暦万葉集』刊。

東京帝国大学より『校本万葉集』の出版を許可される。

同　十二年　『校本万葉集』が完成したものの、関東大震災のため、原稿はすべて焼失した。校正刷二部のみ残存。

同　十三年　『金沢本万葉集』刊。

同　十四年　『校本万葉集』刊。

『有栖川王府本元暦万葉集』刊。

同　十五・昭和元年　『天治本万葉集』刊。

昭和　二年　岩波文庫『新訓万葉集』刊。

同　三年　『桂本万葉集』『元暦万葉集』刊。

同　五年　『白文万葉集』刊。

同　六年　『万葉学論纂』刊。

宮中にて両陛下に「万葉集に就いて」と題して進講する。

同　八年　『西本願寺本万葉集解説』刊。

同　十五年　『英訳万葉集』刊。

同　十六年　『万葉辞典』刊。
同　十七年　『万葉集研究』第一冊『仙覚及び仙覚以前の万葉集の研究』刊。
同　十九年　『万葉集研究』第二冊『万葉集古写本の研究』刊。
　　　　　　『万葉五十年』刊。
同　二十二年　『万葉年表大成』『万葉手鑑』刊。
同　二十三年　『万葉集研究』第三冊『万葉集類歌類句攷』刊。
　　　　　　『評釈万葉集』刊行開始。
同　二十八年　『新訂万葉集選釈』刊。
同　三十一年　『万葉集事典』刊。

大正末の『校本万葉集』刊行に向けて諸本を発掘し、以後も本文の提供を中心に万葉学を広く発信し、斯界の第一人者としての地位を保っていることがわかるだろう。

一　「校本万葉集について」

具体的な論説を見ていこう。まずは『校本万葉集』成立の経緯を記した「校本万葉集について」である。諸本が発掘され校本の作成が可能になったこと、森鷗外の支援があったこと、関東大震災によって原稿が焼失したこと、そこから刊行に至るまでの苦労などが記される。

万葉集は全部真名書《まながき》であるから、その一字一音の相違が、一首の生命を左右することもある。万葉集の正しい姿をあらはし、万葉集の真の光輝を発揮せしめるには、まづ万葉の校本を作成し、次に、定本を作らねばならぬ。万葉集の校勘《かうかん》については、鎌倉時代の源親行《みなもとのちかゆき》、権律師仙覚を初め、心血をそそいだ学者も少くないが、猶《なほ》いまだしいといはねばならぬ。それは、主として、研究の基礎たる本文の研究が不十分であつたに因《よ》るのであるから、自分は、古鈔本をあつめてまづ校本を作りたいと、捜索のためにひたすら苦心してをつたに、念願がかなつて、古鈔本で最も巻数の多い元暦校本万葉集十四冊本を発見し、仙覚本ながら古鈔本の完本なる西本願寺本等が現はれたもしたので、校訂に着手したいといふことを親しい森鷗外博士に話した。然《しか》るに数ケ月の後、森博士から、「文部省の文芸委員会で、外国の古典として、坪内氏にシエクスピアの訳を、僕にファウストの訳を頼まれたから、君のかねての希望をいうたに、日本の古典として、万葉集の校本・定本をつくることは、立派な事業であるからとの委員たちの賛成を得た」とのことであつた。自分は橋本進吉君を訪《と》うて協力を頼んだに、橋本君は、自分の専門は国語学であるから、万葉に全力をつくすことは出来ぬが、国語の方面からも万葉の精査はすべきことであるから、出来るだけ協力する、との答。やがて、文部省から嘱託の命を受けたのは、明治四十五年の七月であつた。

大学の国語研究室のうちの上田《うへだ》博士の室で、上田、芳賀二博士、橋本君と、計画について語りあつた。しかして千田憲君をまづ頼んで、基礎的作業に従事してもらつたが、大正三年六月、他に教職につかれた。武田祐吉君は大正五年以来この事業に没頭され、久松潜一君は大正八年から参加された。文芸委員会は、はやく解散になつたが、大学の国語研究室に移管され、古河家の国語研究奨学資金の補助によつて継続し、満七年にして、諸本の校合《けうがふ》を終つた。大正八年、啓明会より、整理及び刊行費の補助を得て原稿の整理に着手し、十年二月本文の原稿を完成した。それには、百三十五部の本について、校合もし、又は参照したのであつた。この校訂事業によつて発明した点は枚挙に遑《いとま》ないのであるが、その中の主な点をいささか挙げるに、現存してをる諸本を集め得た故に、諸本の系統を明らかにすることを得たものが多いこと、寛永版本が仙覚の文永三年の奥書はあるも、仙覚文永本として不純なものであること、寛永版本及び宝永奥附本が、本によつて多少の差違のあること、古点及び次点に属する歌の大部分を知り得たこと、仙覚の新点百五十二首を悉《ことごと》く知り得たこと等、等であつた。

かやうにして原稿は完成したが、異体字が多く印行が困難なので、どこの活版所も引受けない。それで、その原稿一部を大学に保存すればよいではないかとの説もあつたが、万一湮滅《いんめつ》することがあつてはと、能書の人に浄書を頼み、それを金属版にすることとした。しかして事業に着手して以来十有二年、幾多の曲折があり、困難にあひつつも、十二年六月にいたつて、本文二十冊、四千八百八十二頁の印刷を終り、附刊とする諸本輯影のうちの数葉を撮影すると全部完成するので、この事業の大成を記念するため、十月中旬に、大学構内の山上会議所で、万葉集の諸本及び学書の展覧会を催すといふ予定にまで進んでをつた。然るに、九月一日の午前――自分は前田家にいつて、十月に出陳を請ふべき本のことを家扶《かふ》に依頼し、帰らうとして二三歩ふみ出した時に、突然起《おこ》つたあの大震災――眼の前の土蔵が崩れかかつて、瓦が落ちる、砂煙があがる、足もとはよろよろする。大学の赤門の前まで行くと、当時図書館員であつた植松安君《うゑまつやすし》が惘然《ばうぜん》とした面もちで立つてをられた。

国語研究室は、この大災害に遭つて、校合の底本二十冊、活版印刷にしようとした原稿本百廿八冊、金属版にしようとした浄写本二十冊、参考資料として集めた学書、写真及びその原版、作製した各種の索引、年譜の類全部が焼失したのである。当日は土曜日であつたが、土曜日でもいつも夕方までをられる橋本君が、折あしく用があつて十一時半頃に外出されようとして、鍵をかけて出られたのである。（隣の国文研究室には、助手がをつたので、学生らが手伝つて少しは書物が出たといふ。）その上に、日本橋本石町の金子製本所も火災にあひ、製本が既に終つて、表紙に金版《かなばん》をおすばかりになつてゐた五百部も全部灰燼となつてしまつた。さきに万一を慮《おもん》ぱかつたことが、真実になつたのであつた。

昔から典籍の災害はあつて、承元二年の鎌倉名越の火災で累代の文書が焼けた。東鑑《あづまかがみ》に、「善信聞レ之悲歎之余、落涙数行、心神為二惘然一」とあり、明暦の大火に、林羅山は、「多年之精力尽二一時一、嗚呼《ああ》命也、終夜嘆息、胸塞気欝」とある。さういふ古人の悲歎を、今まのあたりに知つたのである。前にいうたやうに、活版にしようとした原稿は出来ながら、印刷所に断られたのはこの事業の一頓挫であり、今やその完成が四十余日に近づいてこの大厄にあつたのである。自分は九月三日の朝、金子印刷所の事を聞き、軽い脳貧血で倒れた。この事は新聞にも出た。

しかも、天祐はなほこの事業の上にあつて、わづかに校正刷二部が、大学以外――武田君の家と自分の家とにあつたので、厄を免れ得たことが知られた。実に神明の呵護といふべきで、もし此の校正刷が残つてゐずば、この事に従事した人々の多年の努力と苦心とは、全く灰燼に帰し終るべきであつた。さうであつたらば、このやうに周密な、長い年月にわたる事業は、再び企てることは難かつたであらう。

復興といふ詞は、あらゆるものの標語となつた。貨物自動車はすさまじい音をたてて走せちがひ、槌の音や鉄槌《ハンマー》の音はいたる処に響き渡つた。復興の時は早く来たが、校本万葉集の復興は、容易でない。さきに出版しようとした書肆は、啓明会からの補助はあつたが、焼失した損害が少くないので、再び出すことを断つた。一二の人に相談したが、数年後にしたならばといはれたので、自分の心は暗くさびしかつた。

たまたま十一月中旬に、静岡なる熊沢一衛君が来られた。熊沢君は伊勢の人、古筆を愛して、かねて恩顧をうけてゐる岩淵の田中光顕《たなかみつあき》伯を上京の途次に訪うたに、伯は新聞を示して、佐佐木君を見舞ふやうにいはれた。君の夫人の父君高田顕允翁は亡父の門人、菰野の冠峰社歌会をひきゐてをつた人なので、前にも来られた事があつた。君は、是非再興せられよ、出来能ふ限の助力をするからと激励せられた。くらかつた心の廃墟に点ぜられた一道の光明に感激して、校本万葉集刊行会を興した。さきに焼失したのは、書肆の計画によつて洋紙洋装の合本六冊であつたが、それを和装帙入二十五冊とし、耐久力を保たしめるため、土佐の八千代紙の別漉を用ゐ、表紙の図案は、前と同じく正倉院にある臈纈《らふけち》の屏風の図を用ゐ、題簽は聖武天皇の宸翰「雑集」の中から集字することにした。

此の企を徳富蘇峰《とくとみそほう》翁は国民新聞に、内田魯庵《うちだろあん》君は東京日日新聞に、長い文章で声援せられた。しかして、侍従職、皇后宮職、各宮家、東京大学を初め五つの最高学府からも購入の予約を得、竹柏会同人の篤志、また学問を尊重される諸氏の好意により、予定部数を超過するにいたり、着々と刊行を進めた。

大正十四年三月、首巻二冊、本文二十冊、諸本輯影二冊、附巻一冊、あはせて二十五冊が完成したので、姉《あね》崎《さき》、新村《しんむら》の二博士にはかり、北京・印度支那・印度・オーストラリア・ベルギー・ドイツ・イギリス・フランス・オランダ・ハンガリー・アメリカの十一国二十二の大学及び図書館に、英文の解説を首巻の初めに加へて寄贈した。

かくて、この事業は完成した。橋本君をはじめ、武田君、久松君の熱意、はじめ印刷に尽力された横田地巴君、写真製版印刷を負担された倉田実君、雑務につとめられた岡田三鈴君に、ふかく感謝の忱をささげたことである。

その後、洋装本にして再版したいといひ出た書肆もあつたが、さきに和装本の予約を諸所に依頼する際、再版は出来がたい本であるからと書いたので――実際、震災後当時はさう考へてをつた――新資料を発見するまでは、と断つてをつた。然るに種々の資料が出たので、増補四百九頁、諸本輯影の増補三十葉、その解説八頁、英文解説三頁を添附した洋装普及版を岩波書店から出すやうになり、美くしい装幀本十冊を世に送ることを得た。ここに、永久に万葉学の基礎を築き成し得たことを深く喜んでをる。(1)

文部省からの委嘱によって、『校本万葉集』は実現することができた。つまり、これは国策としての特質があったわけだ。

また、信綱が震災の際「軽い脳貧血」になったことが「新聞にも出た」とあるが、これは『大阪朝日新聞』大正十二年九月十二日の記事「歌壇の人々」に、今度の震災で歌壇文壇の人々はどうなつたか、住友製鋼所の支配人で大阪の歌人川田順氏が、佐々木信綱博士の身辺を気遣ひ使を派して安否を問ふたところ、同博士からの返事が十一日午後川田氏の手許に到着した、それによれば本郷西竹町の博士宅には異常がなかつたが、三晩程は庭の芝生で明かしたその間博士は脳貧血をやつたが最早《もはや》快方に赴いてゐる、しかし博士がこの十年来歌作の筆をさえ絶つほど研究に没頭してゐた「校本万葉集」の原稿が近く出版を前にして灰燼に帰したことは歌壇のみならず国文学全体としても大損害である、

（後略）

とある。

ここで、「校本万葉集について」に登場した人物や事項について簡単に注記しておきたい。

源親行は、鎌倉時代初期の歌学者で、『源氏物語』を校合し河内本というすぐれた写本を完成させたことで知られる。寛元元年（一二四三）には将軍九条頼経《くじょうよりつね》の命により、『万葉集』の一部を校合し、これは仙覚の研究に引き継がれることとなった。(2)

仙覚（一二〇三—七二以後）は鎌倉時代中期の学僧で、当時の『万葉集』のうち読み方が不明のままになっていた部分に訓点を施して、後嵯峨《ごさが》天皇に奏上した。これによって全歌にわたって読みが示され、『万葉集』研究が飛躍的に進展した。

森鷗外との関わりについては重要なので、後述する。

坪内逍遥は、近代小説の理論書『小説神髄』や、『当世書生気質』などの小説で知られ、シェークスピア全集の

個人訳もある。

上田万年《かずとし》（一八六七―一九三七）は、言語学者・国語学者で、東京帝国大学教授。国語政策にも関与した。

植松安（一八八五―一九四五）は、台北帝国大学教授。『古事記新釈』（大同館書店、一九一九年刊）の著がある。

承元二年（一二〇八）の「鎌倉名越の火災」とは、名越家の文庫が焼亡したことで、『吾妻鑑』の同年正月十六日の記事に、「善信（引用者注・三善氏）之を聞きて愁歎の余り、落涙数行、心神惘然たり」とある。

林羅山は、七十五歳の明暦三年（一六五七）、大火によって蔵書がことごとく焼失したことを知って、ひどく気落ちし、そのまま病臥して亡くなったという逸話はきわめてよく知られている。「多年の精力一時に尽きて、嗚呼命也、終夜嘆息し、胸塞ぎ気欝して」は三男鵞峰《がほう》著『羅山林先生年譜』同年正月十九日の条にある表現である。なお、『年譜』ではこのあと「明日遂に病に臥す」と続く。

田中光顕（一八四三―一九三九）は、土佐出身の政治家。宮内相を十一年間つとめた。

徳富蘇峰（一八六三―一九五七）は、評論家。民友社を創立し、『国民之友』『国民新聞』を発行した。最初、平民主義を唱えたが、日清戦争前後から国家主義に転じ、第二次大戦中は大日本言論報国会会長をつとめ、戦後、公職追放となる。内田魯庵（一八六八―一九二九）は、評論家・翻訳家・小説家・随筆家。

姉崎正治《まさはる》（一八七三―一九四九）は、宗教学者。東京帝国大学教授。新村出《いずる》（一八七六―一九六七）は、言語学者・国語学者。京都帝国大学教授。『広辞苑』を編集した。

さて、森鷗外だが、信綱との関わりはかなり深いので、それがわかる資料として、鷗外が亡くなった際に発表された信綱の談話を、『東京朝日新聞』（夕刊）の大正十一年七月十日の記事から、以下に引く。

鷗外博士が詩歌に対する理解と同情の深かったことは、明治、大正を通じて文壇大家中の第一人者と云われよう。森さんが文壇に出られたそもその初めは、当時雑誌界の覇王として知られた「国民の友」に、ＳＳＳの名で「面影」を発表された時に、これは万葉集の「みちのくのまごの茅原《かやはら》遠けども面影にしてまみゆと思ふ」（引用者注・巻三・三九六番、笠女郎《かさのいらつめ》。今日では二句目は「真野の草原」、五句目は「見ゆといふものを」）という歌から、外国の詩歌の面影を翻訳して伝えるという意味で十数篇の詩歌を公けにされ、その後自分で「しがらみ草紙」を発行して縦横に文芸評論をされたが、中でも景樹とその門下との歌論を批評された論文は、大西《おおにし》博士の歌論とともに明治歌学史に特筆すべきものだと思う。日清戦争が始まって出征されるため草紙の発行は一時中止したが、帰ってからまた「めざまし草」という雑誌を発行され、盛んに新しいものを載せられたが、その後日露戦争の起こるとともに同誌は廃刊となり、戦地へは万葉集を持って出征された。されば歌が短くて戦地などでの読物に適するためもあるが、また一面森さんがいかに歌を愛していられたかを語るもので、凱旋後「歌日記」を出版された。この頃から詩に歌に対していっそう趣味を深められ、毎月団子坂の自宅で歌の会を催されたが、当時集まったのは与謝野寛《よさのひろし》、伊藤左千夫《いとうさちお》、石川啄木《いしかわたくぼく》、吉井勇《よしいいさむ》氏等や私などで、森さんも歳十首ずつ詠まれた。その後小説に筆をとられるようになって歌会は中断したが、一方に山県《やまがた》公が主の常磐会には賀古《かこ》さんと二人で幹事をされ、山県公の亡くなられるまで毎月一回ずつ続いていた。長詩の方では例の市村座に上演した「一人浦島」など有名なもので、これが本日の歌劇の最初かと思うが、当時は皆可笑《おか》しいので盛んに笑ったものです。森さんの詩歌は紅葉《こうよう》、漱石《そうせき》の俳句と相並んで、文学者の余戯としては最も優れたものでしょう。森さんはまた字も万葉流で非常に上手でしたが、どういう訳か短冊を書くことが嫌いで、確かこれまでに五、六枚しか書かれない。最近の作としては昨年の秋、京都で五十首ほどものされたが、ちょうど私もお会いしたので、汽車中で佐々木《ささき》蒙古《もうこ》王《おう》と一緒でしたと話すと、早速「蒙古王来ぬとは聞けど冠のふさはしからぬ顔は見ざりき」と言って私に示されました。森さんの蔵書は和漢洋に亘り、医務局長を辞められる時、部下の人達が数千円醵金《きょきん》して贈物の相談をすると、即座に全部書籍にして欲しいと言ってみんなを驚かされた。最後の病室も玄関を入って直ぐの書斎で、枕元には最近着手された「年号考」の参考書が置いてあったほどで、終始学究的の生活を続けられたが、今この人を失ったことは返す返すも惜しいことです。[3]

故人を偲ぶに際して、鷗外らの訳詩集『於母影《おもかげ》』(一八八九年発表)の命名が万葉歌に基づくこと、日露戦争に出征した際、『万葉集』を携えて行ったこと(二七頁参照)、字も万葉流であったことなど、『万葉集』に三度も触れている。信綱の『万葉集』への思いが強いこともあるが、鷗外にも同集への愛着がそれなりにあって、そのため『校本万葉集』への協力を惜しまなかったとも言えるだろう。

なお、大西博士とは、美学者の大西克礼《よしのり》(一八八八—一九五九)。『幽玄とあはれ』などの著がある。佐々木蒙古王とは、佐々木安五郎《やすごろう》(一八七二—一九三四)。衆議院議員で、蒙古の王族と親交があった。

二　「英訳万葉集に就いて」

昭和十五年に刊行された『英訳万葉集』（岩波書店）の成立に関する経緯を記した「英訳万葉集に就いて」を読んでみたい。今日の研究では国際性を備えることは当然のように扱われるが、信綱の時代にそれを実行したのは先見の明があると言えるだろう。

英訳万葉集が完成したといふことは、公には万葉学史上の深い喜びであり、また、私の深い喜びでもある。我が日本の文化を、海外に宣揚する目的で、古典翻訳の事業が、日本学術振興会によつて行はれることとなり、第十七小委員会が設けられた。さうして、日本精神文化の淵源を示すものとして、先づ万葉集が英訳されることと決定した。

昭和九年四月、委員として、八人が嘱託された。即ち、文化史の側から、滝精一《たきせいいち》、姉崎正治、新村出博士、阿部《あべ》次郎《じろう》氏、国史学から辻善之助《つじぜんのすけ》、漢文学から鈴木虎雄《すずきとらお》、英文学から市河三喜《いちかはさんき》博士、国文学から自分が嘱され、委員長には滝博士が選ばれた。

この小委員会で第一に議された問題は、全訳にするか、抄訳にするかといふことであつたが、抄訳にすることと決し、まづ予備工作として、万葉集四千五百余首のうちから一千首を選ぶこととし、その選出の標準は、歌として秀れたものを選ぶのは当然であるが、外国人に示すのであるから、特に文化史等の上から注意すべき作を網羅することとした。

かやうにして、一千首が各委員から選出された。（中に姉崎博士は、折から渡米されたので、船中で精読して選出されたといふ。）それで、数回の評議の結果、一千首が確定することになつた。次に、翻訳の基礎となるべき口語訳の原案を起草すべき委員六人が、九年の十一月に嘱託された。それは、東京大学の橋本進吉、京都大学の吉澤義則《よしざはよしのり》、前東北大学の山田孝雄《やまだよしを》、國學院大学の武田祐吉博士、それに、歌人として、斎藤茂吉博士と自分とが委嘱された。此の六人が、すでに選定された一千首に就いて、抽籤で巻の一、二は山田、三、四は吉澤、五より七までは佐佐木、八より十一までは斎藤、十二より十七までは武田、十八より二十までは橋本氏と分担し、口語訳と、歌によつては脚註を附することとなつた。それで、その訳が出来た後、全体の委員会にかけて解釈を決定し、また、一千首の排列に就いては、時代別とし、その中を作者別とすることとし、更に、総説を附し、年表、作者略伝、地図(東亜、日本全国五畿内、九州、北陸)、動植物名の研究、索引、歌の羅馬字がき等を、全委員でそれぞれ分担した。

英訳に着手することになつて、その担当者として、十年四月に、外務省嘱託の小畑薫良《をばたしげよし》氏、埼玉県粕壁中学の教諭石井雄之助《いしゐいうのすけ》(白村)氏が嘱託された。小畑君は、米国英国に遊び"Li-po"と題して李太白の詩を英訳して出版された。石井君は、さきに自作の英詩集を公にして、英詩に於いて天分を認められた人である。

英訳では、現代語を用ゐ、自由詩の形をとる事と決し、抽籤で、奇数の巻を石井君、偶数の巻を小畑君が分担し、市河博士が審査された上で、更に、東北大学の教師で、英詩人として現代一流のレーフ・ホヂソン氏に校閲を請うた。ホヂソン氏は日本語を解されなかつたが、それは、英訳そのものの詩的価値を公正に評価し得るに適当であつた。それで、その訳を全委員会にかけて批評研究し、修正に修正を加へて、毎月二日もしくは三日続いての委員会は、実に万葉学研究会ともいふべき会であつた。その外に、特別委員会、相談会等が開かれ、毎月四日五日、最も多い時は、六日間続けて会の開かれたこともあつた。

かやうにして現代に於ける万葉学者の共同作業といふべき此の困難な事業が、協力一致、順調に進行して、立派な成果を四箇年半に収め得ることとなつたのは、或は、京都より、或は仙台より、また在京の人々でも、その多忙な時間を繰合せて、注意ぶかい委員長のもとに、全委員が実に熱心に事に当られたに依るものである。その熱心さの一二の例を挙げると、昭和九年十二月三十日、学士会館に於ける原案委員の会合のごときは、午後十時にまで及んで（三十一日は閉館なので、）同会館でも稀に見る会合であるといはれたほどである。また訓詁について、訳語について、原案委員の間に、また委員と翻訳者との間に、意見の論争が烈しく続けられ、その難陣のさまは、かの独鈷《どつこ》鎌首《かまくび》の古へがたりも偲ばれるほどであつたが、もとより学問上の論争なので、やがて解決の光明に導かれてゆくのであつた。

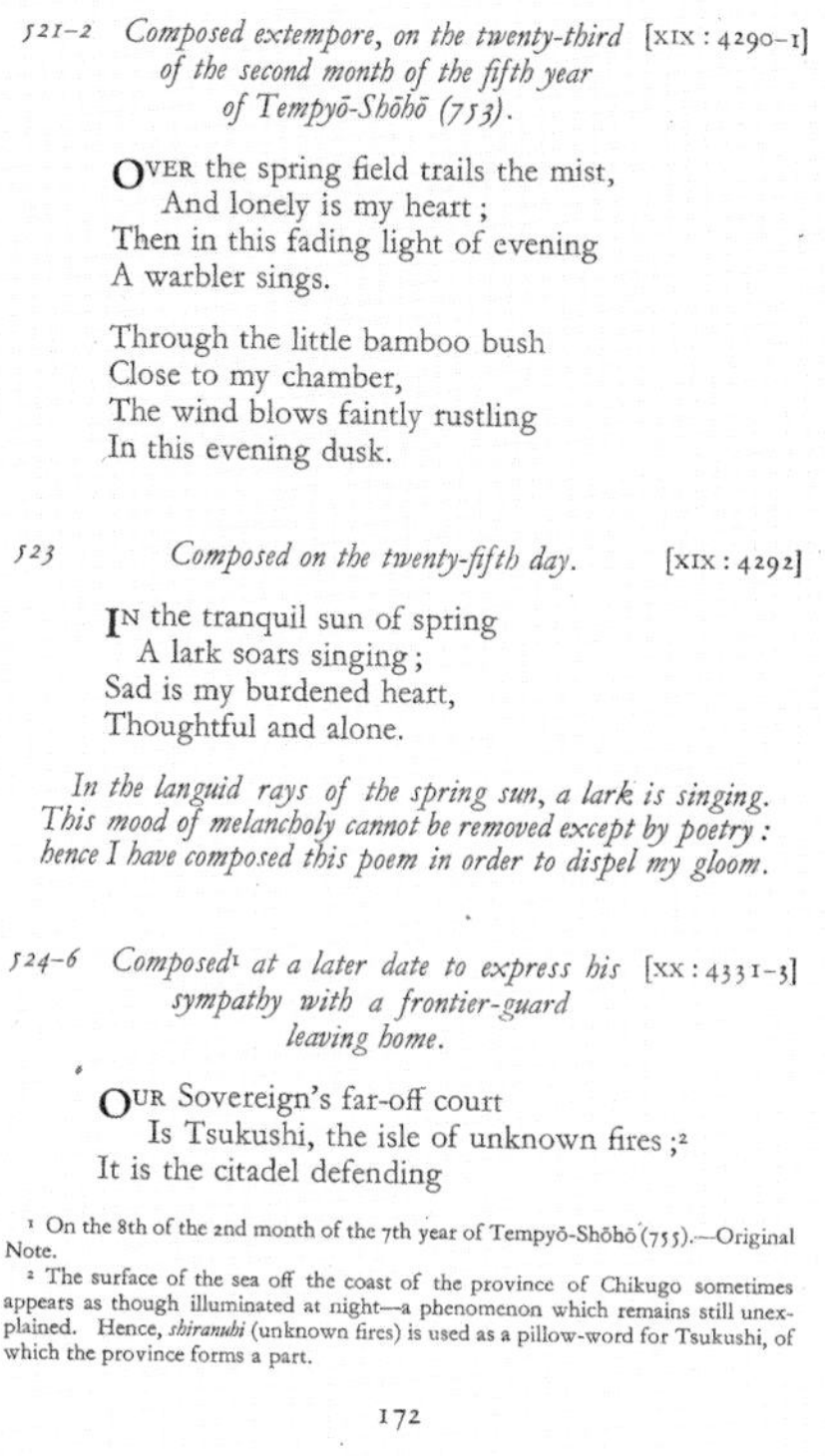
521–2 *Composed extempore, on the twenty-third of the second month of the fifth year of Tempyō-Shōhō (753).* [XIX : 4290–1]

OVER the spring field trails the mist,
And lonely is my heart;
Then in this fading light of evening
A warbler sings.

Through the little bamboo bush
Close to my chamber,
The wind blows faintly rustling
In this evening dusk.

523 *Composed on the twenty-fifth day.* [XIX : 4292]

IN the tranquil sun of spring
A lark soars singing;
Sad is my burdened heart,
Thoughtful and alone.

In the languid rays of the spring sun, a lark is singing. This mood of melancholy cannot be removed except by poetry: hence I have composed this poem in order to dispel my gloom.

524–6 *Composed[1] at a later date to express his sympathy with a frontier-guard leaving home.* [XX : 4331–3]

OUR Sovereign's far-off court
Is Tsukushi, the isle of unknown fires;[2]
It is the citadel defending

[1] On the 8th of the 2nd month of the 7th year of Tempyō-Shōhō (755).—Original Note.

[2] The surface of the sea off the coast of the province of Chikugo sometimes appears as though illuminated at night—a phenomenon which remains still unexplained. Hence, *shiranubi* (unknown fires) is used as a pillow-word for Tsukushi, of which the province forms a part.

172

図8『英訳万葉集』

翻訳に就いての一二をいへば、浦島の子の長歌のはじめの「釣舟のとをらふ見れば」といふ釣舟が単数であるか複数であるかといふ疑問が出たり、「春は来ぬらし」の「らし」をいかに訳すべきかといふこと、枕詞を訳すべきか、訳すべからざるか、訳するに就いても、「草枕旅の」といふ様な場合にGrass for pillowと訳するのはよいとして、「いさなとり」をWhale-huntedと訳すると、海にはよいが、湖の場合には不適当であるので考慮したり、或は馬や鷹の術語に就いて、宮内省の主馬寮や主猟寮の方に問合せをしたこともあつた。

元来万葉集の翻訳に就いては、一七七九年に日本に来朝した和蘭《オランダ》の甲比丹《カピタン》チチングは、日本王代一覧を仏訳したが、一八三四年、独人クラプロートは、それを校訂附註して刊行した中に、大伴家持《おほとものやかもち》の「すめろきの御代栄えむと」の訳を掲げ、次に、仏人ローニの詩歌撰葉（一八七一年刊）の中に九首が訳され、次いで、墺太利《オウストリヤ》の東洋学者プフィッツマイエルの「万葉集よりの詩」（一八七二年刊）に巻四の大部分と巻三の挽歌の部が訳されてゐる。更に一八八〇年に、英人チェンバレンが「日本古代の詩歌」を著して、その中に六十六首訳されてゐる。（一九一〇年に再版が出た。）一八九四年に、独人フローレンツ、一九〇六年に英人ディッキンス、一九一九年に英人ウエーレーの抄訳が公にされた。また和蘭のピアソンは、一九二九年以来、二十巻の全訳を企図、次々に刊行されてゐる。外人の万葉訳の大体は以上のやうであるが、日本でさへも難解の書を、ことに海外での訳であるから、時代の早いプフィッツマイエルなどは、「あぢむら」は鴨の群の義であるのを、「味村」といふ地名と思ひ誤つて訳しなどしてゐるが、それは無理もないことである。

日本学術振興会の総会で、市河博士が、この英訳万葉集に就いて述べられ、訳した例をボールドに書かれたのであつたが、それを見た某科学者の、「これならば自分にも万葉はわかる、どうか早く世に出れば」との言を聞いた。嘗て森鷗外博士が、青島で独訳した書経や礼記を示されて、此の方がわかりやすい、と自分にいはれたのを思ひだしたことであつた。

自分は、万葉集の英訳の完全なものが出来たらばと、夙《はや》くイーストレーキ先生に英語を学んだ頃から望んでをつた。また、チェンバレン教授が日本を去られる前に、自分にむかつて、「あの『日本古代の詩歌』を訳してすでに二十年に及ぶが、日本語を理解することは、容易のわざでないから、日本のよい詩は、よい訳を得て世界に紹介される日が待たれる。」といはれたことを感銘してをつた。それで、自分の華甲祝賀の会が同人によつて催された際、いくつかの念願に就いて述べたが、その中に万葉集を英訳したいといふことを語つた。しかして、小畑君と二人でこの大事業に当らうとしてゐた。然るに、学術振興会でこのことが大きく採り上げられることになつたので、二人ともそれに参加し、ここに英訳万葉集が完成したのである。自分の多年の希望の実現したことは、まことに喜びの情に堪へなかつた。(4)

前半に登場する人物・事項について簡単に注記しておく。

滝精一(一八七三—一九四五)は、美術史学者で、東京帝国大学教授。『国華』の主幹もつとめた。

阿部次郎(一八八三—一九五九)は、哲学者・評論家で、東北帝国大学教授。大正教養主義を牽引した。『三太郎の日記』などの著がある。

辻善之助(一八七七—一九五五)は、歴史学者で、東京帝国大学教授。『日本仏教史』などの著がある。

鈴木虎雄(一八七八—一九六三)は、中国文学者で、京都帝国大学教授。『支那詩論史』などの著がある。

市河三喜(一八八六—一九七〇)は、英語学者で、東京帝国大学教授。『英文法研究』『英語学辞典』などの編著がある。

吉澤義則(一八七六―一九五四)は、国語・国文学者で、京都帝国大学教授。『国語史概説』『対校源氏物語新釈』などの著がある。

山田孝雄(一八七五―一九五八)は、国語・国文学者で、東北帝国大学教授。文法研究は「山田文法」と称され、名高い。

斎藤茂吉(一八八二―一九五三)は、歌人・精神科医。伊藤左千夫に師事し、歌誌『アララギ』の同人。歌集『赤光』、評論『柿本人麿』などがある。

小畑薫良(一八八八―一九七一)は、外交官。

石井白村(一九〇二―六九)は、英文学者で、青山学院大学教授。

レーフ・ホヂソン(ラルフ・ホジソン、一八七一―一九六二)は、イギリスの詩人。大正十三年(一九二四)から昭和十三年(一九三八)、東北帝国大学講師をつとめた。

「独鈷鎌首の古へがたり」とは、『六百番歌合』で、顕昭は独鈷を持ち、寂蓮《じゃくれん》は首を鎌のように持ち上げて言い争いをしたのを、「殿中の女房、例の独古かまくびと名付られけり」(『井蛙抄』)という逸話を指す。

英訳の例も見よう。

額田王《ぬかたのおおきみ》の代表歌としてよく知られる(実は斉明《さいめい》天皇の作)、

熟田津に船乗りせむと月待てば潮もかなひぬ今は漕ぎ出でな　(巻一・八番)

は、

WHILE at Nigitazu we await the moon
　To put our ships to sea,
With the moon the tide has risen;
Now let us embark!

と訳される。
大津皇子《おおつのみこ》と石川郎女《いしかわのいらつめ》の間で交わされた、「しづく」をめぐる相聞歌、

あしひきの山のしづくに妹待つとわれ立ち濡れぬ山のしづくに
我《あ》を待つと君が濡れけむあしひきの山のしづくにならましものを

（巻二・一〇七―一〇八番）

は、

WAITING for you,
　In the dripping dew of the hill
I stood, —weary and wet

With the dripping dew of the hill. —*By the Prince.*

WOULD I had been, beloved,
　The dripping dew of the hill,
That wetted you
While for me you waited. —*By the Lady.*

と訳される。

大伴家持の、

うらうらに照れる春日にひばり上がり心悲しもひとりし思へば　（巻十九・四二九二番）

の訳は、

IN the tranquil sun of spring
　A lark soars singing;
Sad is my burdened heart,
Thoughtful and alone.

となっている。「うらうらに」はtranquilとする。

長歌の例も挙げておこう。山部赤人の富士山を詠んだ有名な作品は、以下の通り。

天地《あめつち》の　分れし時ゆ　神さびて　高く貴き　駿河なる　富士の高嶺を　天の原　振り放《さ》け見れば　渡る日の影も隠らひ　照る月の　光も見えず　白雲も　い行《ゆ》きはばかり　時じくそ　雪は降りける　語り継ぎ　言ひ継ぎ行かむ　富士の高嶺は

反歌

田子の浦ゆうち出《い》でて見ればま白《しろ》にそ富士の高嶺に雪は降りける

（巻三・三一七―三一八番）

その訳は、次のようになっている。

EVER since heaven and earth were parted,
    It has towered lofty, noble, divine,
Mount Fuji in Suruga!
When we look up to the plains of heaven,
The light of the sky-traversing sun is shaded,

The gleam of the shining moon is not seen,
White clouds dare not cross it,
And for ever it snows.
We shall tell of it from mouth to mouth,
O the lofty mountain of Fuji!

Envoy

When going forth I look far from the shore of Tago,
How white and glittering is
The lofty Peak of Fuji,
Crowned with snows!

「神さびて」は divine、「時じくそ」は for ever としている。

三　「万葉学の綜合集成を喜ぶ」

続いて、『万葉集大成』（平凡社、一九五三―五六年刊）が刊行された時にそれを祝して書かれた「万葉学の綜合集成を喜ぶ」を取り上げよう。『万葉集』に寄せる信綱の愛情がよく表れているし、その国家意識もうかがわれる。

ゲーテの晩年に、世界文学の構想があつて、中国の小説などにも興味を持つたと聞くが、もしゲーテから、日本の国文学で世界的な文学はと問はれもしたならば、自分はためらはずに、万葉集と答へるであらう。八世紀の中頃に、四千五百余首の民族的詞華集を日本人が持ち、それが、現代に於《お》いても新鮮な生命の泉として、人々の心をうるほしてゐるといふ事実は、彼を驚歎せしめるにちがひなからうとおもふ。

この輝かしい上代詞華集は、当時常用の漢字ですべて書かれてをり、しかもその原本は伝はらないで平安朝中期に書いた写本の断巻が最も古く、完本としては鎌倉末期の書写本であるから、これを文献として見る時、その文字、訓法、解釈等の上に疑義が少なからず、また、文芸作品として見る時、その本質、その用語、その作者、背景としての時代、社会、民俗、そのうたはれた風土、動植物等、等、種々の点に於いて、研究し闡明《せんめい》せられなければならぬ。古往今来、それらに関する論述は、おびただしい数にのぼつてをり、それを網羅しようとした企も、近年数種世に公にされたが、このたび平凡社から出版される「万葉集大成」ほど、現代の学者の研究を集大成したものは未だ無かつたのである。しかして、全十八巻中の四巻として、「万葉集総索引」が収載されることになつてゐるのは、更に学問の前進するために、欠くことを得ざる資料を加へたものといふべきである。

年月を数へれば、今年は、源順らが初めて万葉研究にたづさはつた天暦五年から一千二年、万葉学の礎石を中世にすゑた仙覚が、万葉校合に筆を染めた寛元元年から七百十年、万葉学の殿堂を近世初期に築きあげた契沖逝《ゆ》いて二百五十二年にあたる。しかも、国の独立後一年、日本の文化を世界に示すべき時に当《あた》つて、この

「万葉集大成」が刊行されるといふことは、最も意義の深いことと思ふ。

世界に誇るべき万葉集の学問の結晶といふべきこの書をここに推薦することは、明治二十四年に日本歌学全書の中に標註万葉集を加へてから、六十二年を万葉学につとめてきた自分の、深き喜びとするところである。(5)

右に言及がある『万葉集大成』は、沢瀉久孝・小島憲之・佐伯梅友・久松潜一・正宗敦夫・尾山篤二郎の編集によって、昭和二十八年から三十一年にかけて平凡社から刊行されたものである。全二十二巻で、総記・文献・訓詁・歴史社会・言語・様式研究・比較文学・民俗・作家研究・特殊研究各篇があり、その後、本文篇と総索引がある。そして、美論・風土各篇と続き、最終巻は研究書誌・年表・索引である。きわめて重厚な内容と言ってよいだろう。

そして、信綱も強調しているように、正宗敦夫が作成した総索引は画期的なものであったと言えよう。「『校本万葉集』とともに、これまでの万葉集研究に果した役割の大きさは、測り知れぬものがある」(『国文学研究書目解題』一七七頁、山口佳紀氏の解説)。

なお、この文章は、昭和二十八年に書かれている。天暦五年は西暦では九五一年、寛元元年は一二四三年、契沖が没したのは元禄十四年(一七〇一)である。

信綱は当時八十二歳、最終段落からは自らの人生を振り返って満足しているさまもうかがえる。

四 「万葉集と植物」

小文だが、信綱の『万葉集』、ひいては和歌文学に寄せる愛情がよく感じ取れるものとして、「万葉集と植物」も取り上げておこう。

万葉集の撰者といはれる大伴家持と、弟の書持《ふみもち》とは、ともに花卉《くわき》を愛好して、庭にも植ゑ歌にも詠んでをるが、万葉人は、殆どすべてといふてよいほど、全生活的な愛をもつて、木を詠み、花を歌うてをり、集中に名のある植物の数は、草本七十八種、木本七十四種、竹類五種、計百五十七種の多きに及んでをる。

春の花は、はやく渡来してゐて大陸風の文人趣味の濃い梅にはじまり、梅花の宴は教養のある人士にとつて、文雅を競ふ遊楽の随一であつた。梅に対して、桃の歌の少いのは、清楚を愛した上代人の心を表はしたものといふべきであらう。

梅と桃とが過ぎ、桜の季節がはなやかに来て、あわただしく去る。散る花に逝く春を惜しむ情は、万葉人の昔も、今と変りはない。

椿も、躑躅《つつじ》も、しばしば歌はれ、春日野に今も多い馬酔木《あしび》は、当時から愛好されてゐた。晩春には、藤や山吹が詠まれてをる。藤浪の花は、奈良の都を象徴してゐるといふてよい。菫《すみれ》を摘む歌も幾首か見え、その花にふさはしい可憐な作が長く愛誦されてをる。

夏は、卯の花、杜若《かきつばた》の季節に始まり、菖蒲は五月の薬玉にそへられて、ほととぎすの鋭声がこれに和する。花橘は梅と同じく、文人に愛好された。はねず、葵、あふち、あぢさゐ、ねむ、百合、撫子《なでしこ》、蓮、かたかごなどの花々も詠まれてをり、その花々にふさはしい実感が織りなす抒情のやさしさは、夏の日の楽しさを、如実に語つてをる。「見る人なしに」土に落ちて朽ちる久木の花をも、見のがさずに詠んだ万葉人である。

秋は、山上憶良の歌に名高い七くさの花、その中で萩が最も愛賞され、次に尾花があり、女郎花《をみなへし》がある。朝顔は現在のものとはちがつて、桔梗であらうともいはれる。菊は大陸から渡来以前で、一首も見えない。春の柳の若芽に対して、秋のもみぢは多く詠まれ、楓《かへで》のくれなゐも、柞《ははそ》の黄も、共に遠い祖先の心に滲《し》みた色であつた。いろづく浅茅のあはれも、詠まれてをる。

冬は、雪にきほひて咲く冬木の梅がうたはれてゐる。

その他、染料として紫草や紅の花があり、つき草、からあゐ、土針《つちはり》など、いづれも摺衣《すりごろも》の料であつた。

常盤木の朴実な剛健さは、古代人の心をそのままに表はして、松、槻、杉、檜、椎、櫧、樒《しきみ》、朴《ほほ》、むろ、つまま、児手柏《このてがしは》、ゆづる葉などが、それぞれに詠まれ、養蚕《やうさん》の料なる桑もうたはれてをり、竹も笹も、清楚なよい歌材であつた。

地方色の濃い花として、武蔵野のうけらが花、み熊野の浦の浜木綿《はまゆふ》があり、神風の伊勢の浜荻は、おし照る難波江の葦と共に、印象的な名を残してをる。

食料として賞味された若菜、うはぎ（嫁菜《よめな》）、秋の香（松茸）など、それに、芹、ゑぐ、蕨《わらび》、芋、くくみら、菱、ぬなは、わかめ等が詠まれてゐて、いかに万葉集が庶民的な生活感情の生彩に輝いてゐるかを物がたつてをる。

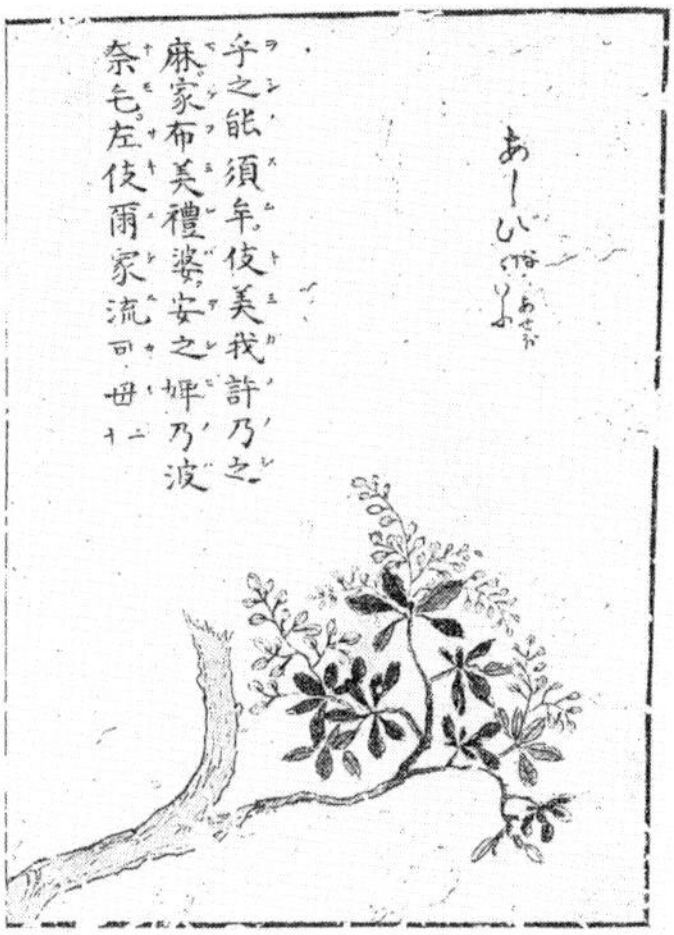

図9　「あしび」『万葉集品物図絵』

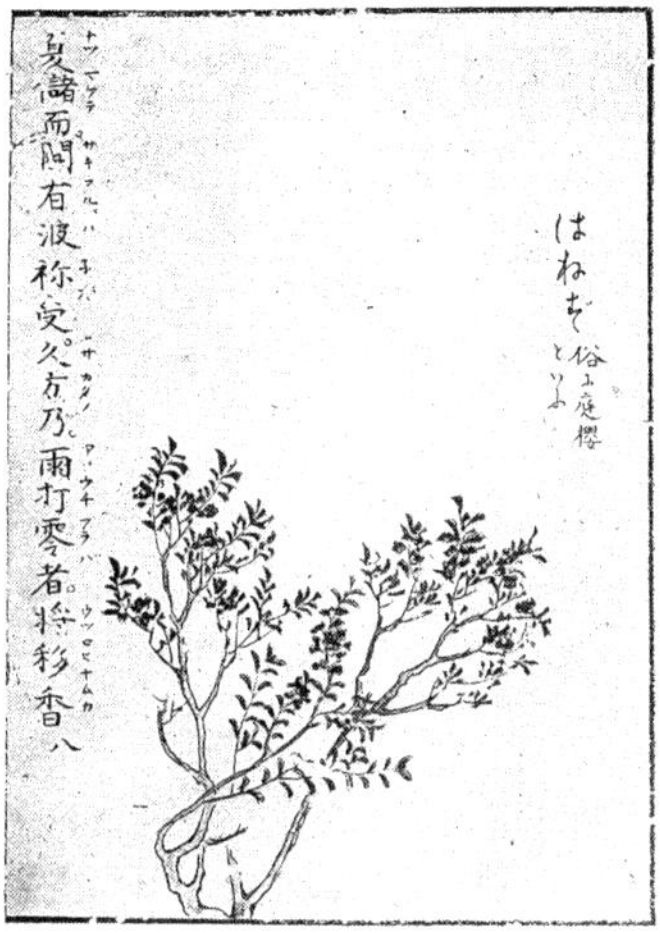

図10　「はねず」『万葉集品物図絵』

現代人の心の中に生きて通ふ作品の多い万葉集は、古典そのものの真価を力強く実証したものといへよう(6)。

右に触れられた植物について、『万葉集』の例歌を何首か挙げる。

「馬酔木」は、清楚な感じで、個人的にもとても好きだ。大津皇子の屍を二上山に移葬する際に、姉の大伯皇女《おおくのひめみこ》が詠んだのが、

磯の上《うへ》に生《お》ふるあしびを手折《たを》らめど見すべき君がありといはなくに　（巻二・一六六番）

である。明治三十六年（一九〇三）、伊藤左千夫が主唱して始まった短歌雑誌名が『馬酔木』であった。

「藤浪の花は、奈良の都を象徴してゐる」とは、大伴四綱《よつな》が大伴旅人《たびと》に問いかけた、

藤波の花は盛りになりにけり奈良の都を思ほすや君　（巻三・三三〇番）

を言う。

「はねず」は、大伴家持の歌に、

夏まけて咲きたるはねずひさかたの雨うち降らばうつろひなむか　（巻八・一四八五番）

がある。岩波文庫は「淡紅色の花をつける庭梅か。なお他説もある」とする。

「山上憶良の歌に名高い七くさの花」とは、

萩の花尾花葛花なでしこが花をみなへしまた藤袴朝顔が花　（巻八・一五三八番）

を指す。

「雪にきほひて咲く冬木の梅」は、家持の、

今日降りし雪に競《きほ》ひて我がやどの冬木の梅は花咲きにけり　（巻八・一六四九番）

のことである。

染料にも用いる「紫草」は、大海人皇子《おおあまのみこ》の、

紫草《むらさき》のにほへる妹を憎くあらば人妻ゆゑに我《あれ》恋ひめやも　（巻一・二一番）

によって名高い。

「うはぎ(嫁菜)」は、

春日野に煙立つ見ゆ娘子《をとめ》らし春野のうはぎ摘みて煮《に》らしも　(巻十・一八七九番・作者未詳)

と詠まれる。

なお、「万葉集が庶民的な生活感情の生彩に輝いてゐる」というような捉え方は、現在では近代的な国家観の反映として慎重に斥けるというのが通説である。(7)

(1)『佐佐木信綱文集』(竹柏会、一九五六年)一七〇—一七五頁。

(2)小川靖彦『萬葉学史の研究』(おうふう、二〇〇七年)七九、五八九—五九〇頁。

(3)『大正ニュース事典』第五巻(毎日コミュニケーションズ、一九八八年)六六四頁より転載した。

(4)注(1)一七五—一七九頁。

(5)注(1)二二五—二二六頁。

(6)注(1)二二一—二二三頁。

(7)品田悦一『万葉集の発明』(新曜社、二〇〇一年)、同『万葉ポピュリズムを斬る』(短歌研究社、二〇二〇年)など参照。

付章　佐佐木家の歌人たち

信綱以後、その血筋を引く佐佐木家の人々は、どうなったか。

信綱の四男治綱《はるつな》(一九〇九―五九)は、父と斎藤瀏に学んだ歌人で、『心の花』を編集した。白百合女子短期大学教授。信綱八十八歳の時、没した。

治綱の妻由幾《ゆき》(一九一四―二〇一一)も信綱に学んだ歌人であり、治綱没後、『心の花』を主宰した。

治綱と由幾の長男幸綱《ゆきつな》(一九三八―)は現代歌人を代表する一人で、『心の花』の主宰・編集長をつとめた。早稲田大学名誉教授。『佐佐木幸綱の世界』(河出書房新社、一九九八―九九年)、『佐佐木信綱全歌集』(ながらみ書房、二〇〇四年)など。

ゆく秋の川びんびんと冷え緊まる夕岸を行き鎮《しず》めがたきぞ　(『群黎《ぐんれい》』)

ハイパントあげ走りゆく吾の前青きジャージーの敵いるばかり　(同)

雨荒く降り来し夜更け酔い果てて寝《い》ねんとす友よ明日あらば明日　(『直立せよ一行の詩』)

詩歌とは真夏の鏡、火の額を押し当てて立つ暮るる世界に　(『夏の鏡』)

父として幼き者は見上げ居りねがわくは金色の獅子とうつれよ　(『金色の獅子』)

幸綱の妻朋子（一九五三―）も歌人。

匂いたつトマトの群れに見つめられ鍋にもんどり打つとうもろこし　（『授記』）

幸綱と朋子の長男頼綱《よりつな》（一九七九―）も歌人である。歌壇賞受賞。『佐佐木信綱研究』『短歌往来』編集長。

深々と槍刺されゆく牡牛なりメキシコの空むらさき深し　（『風に膨らむ地図』）

次男定綱《さだつな》（一九八六―）も歌人である。角川短歌賞・現代歌人協会賞受賞。

ぼくの持つバケツに落ちた月を食いめだかの腹はふくらんでゆく　（『月を食う』）

まとめ

以上、佐佐木信綱の学問的業績について見てきた。

第一章「文献学への視点」では、『万葉集』の古写本をはじめとする重要な本文を数多く発見し、校本・校訂本を多数作成したことについて、まずまとめた。また、『日本歌学全書』『校本万葉集』『日本歌学大系』らによる本文の整備・提供の意義にも触れた。そして、文献学に関する基本的精神が語られる『国文学の文献学的研究』の「序論」を読解し、日本民族への意識や、日本文芸学・歴史社会学との関係などにも言及した。

第二章「和歌史の構築」では、和歌史を記述したことを取り上げた。信綱は、近代以前の日本の歌学での認識を踏まえ、西洋の文学史の理論を援用しつつ、和歌というジャンルを明確に意識して、歴史的な記述を施した。その代表作『日本歌学史』の「結論」をはじめ、和歌と時勢との関わり、和歌の将来、恋歌への対し方などに関する論説も分析した。

日本文学研究の基礎作業として必須のものである文献的に精緻な探究は、もちろん必要である。それは、第一章で論じたもろもろが該当する。一方、文学的に、残された古典作品が今を生きるわれわれにとってどう魅力的なのか、その感動のありかを研究者が語ることも必要だ。それは、第二章で取り上げたものが該当する。

大きく言えば、和歌の伝統性をどう維持しつつ、新しい時代に合わせて、古典をどう受け入れていくかという問題意識を信綱の業績が提起しているわけだ。

また、第三章「万葉学への情熱」では、『万葉集』に対する情熱や、万葉学というものを総体として打ち立てた意義を確認した。


さらに、いくつかの点について補足的に述べておく。

第一に、信綱には学者と歌人の両面があったことについては、ここまでも何回か述べてきたが、ここでもう一度そのことに言及しておく。これは、信綱にとって非常に重要なことだからである。私に興味があるのは、創作家としての一面があることは、和歌史を全体に見渡す上で役立っているのかということである。おそらく信綱はそうだと言うであろう。また、ある意味、それは正しいのかもしれない。しかし、信綱には本来的に全体性を希求し、それを鷲摑みにする気質が備わっていたのではないだろうか。信綱が歌人ではなくても、そういった傾向は彼の中に育まれていったのではないか。根拠はないが、問題提起の意味も込めて、そのように記しておく。

第二に、信綱はどうして東京帝大の講師から二十六年もの間、昇格できなかったのだろうか。彼自身が民間にあることを主体的に選び取ったがゆえに、そうなったのか。それとも、大学本科を卒業していないために、大学の組織や同僚から昇格の資格無しと見なされていたのか。これも根拠はないが、当時の学歴重視の状況を考えると、後者だったのではないか。もっとも、国語学者で信綱同様文化勲章を授与された山田孝雄は、尋常中学校中退が最終学歴なのに、東北帝国大学教授になっている。これは例外中の例外なのかもしれないし、東京帝大と東北帝大では事情も異なっているのかもしれない。

第三に、本文を発見していく際に役立った人脈の形成は、もともと和歌というジャンルが持っていた権威によって補強されていたのではないかということについて考えておきたい。和歌には、『万葉集』以来、一筋の道のように千年以上続いてきた歴史の厚みがあり、天皇制とも深く結び付いて、強い権威が付随している。それが信綱をして重要な人物と見なさしめ、人脈を拡張し、資料の発掘を容易にしたのではなかったか。もちろん、信綱個人の熱意もあった上でのことだが。

第四に、全体性を求め、多くの業績を残した信綱にも見えなかったものがあるのではないかということを考えておく。かなり帝国主義に染まっているので、そこから外れるものへの視線に欠けていたことはあろうが、それは当時の多くの人にとってそうだったので、信綱を論じる上で声高に言うことでもない。むしろ私が気になるのは、『万葉集』に入れ込むあまり、王朝的な雅びに素っ気ないのではないかということだ。『歌学論叢』の「和歌と時勢」においては、「和歌が平安朝以後、宮廷もしくは、上流といふ非活動的な社会の一小部分の文学(もしくは遊戯)となり了つて」とか、「歌才に於いては大ならざりしも、和歌の復興に力をいたし、貫之」などという箇所に接すると、『古今集』の持つ雅びな輝きがこの人には見えていなかったのではないかと思わざるをえない。

『万葉集』には、たしかに日本人の古い思想や感情が宿っており、根源的な力強さを訴えてくる。しかし、『古今集』をはじめとする王朝和歌は、その優美さゆえに、平安時代から江戸時代に至るまで長い期間にわたって日本人の美意識を律してきた。万葉的なものと古今的なものは、日本文化の両輪なのである。信綱とてそれは十分理解していたであろうが、心情的に『万葉集』に傾くところが大きかったのであろう。「ゲーテから、日本の国文学で世界的な文学はと問はれもしたならば、自分はためらはずに、万葉集と答へるであらう」(「万葉学の綜合集成を喜ぶ」)

というところにも、それが端的に表れている。

最後にもう一度まとめよう。

多くの古典作品を文献的に探究し、和歌史の構築につとめ、『万葉集』に情熱を注ぐ、という和歌文学を中心とする学問的な業績に加えて、歌人として活躍するという創作的な業績によって、信綱は『万葉集』以来の日本の伝統的な和歌の価値を確かめ、またその研究・創作を推進したと言えるだろう。いわば、「韻文の伝統」に参与し、その大きな潮流の中で生を輝かせた人であったのだ。

主要参考文献

大久保正「賀茂真淵と本居宣長」『餘情』一九四八年六月
久曾神昇「発見と紹介　国文学の文献的研究を読みつつ」『餘情』一九四八年六月
児山敬一「「日本歌学史」について」『餘情』一九四八年六月
武田祐吉「佐佐木博士の学績」『餘情』一九四八年六月
林大「学者としての佐佐木先生」『餘情』一九四八年六月
瀬沼茂樹「社会学と文学　H・テーヌ」『国文学　解釈と鑑賞』一九五九年十一月
山崎敏夫編『明治文学全集』第六十三巻　筑摩書房、一九六七年
村田邦夫「佐佐木信綱」『和歌文学講座』第八巻、桜楓社、一九六九年
鷹津義彦「文学史」『万有百科大事典』第一巻、小学館、一九七三年
河内清「テーヌと『小説神髄』――「小説の主眼」の章をめぐって」『文学』一九七七年六月
村田邦夫「佐佐木信綱先生小伝」『短歌入門』集文館、改訂版一九八一年
久保田淳「解説」『佐佐木信綱歌学著作覆刻選』全四巻、本の友社、一九九四年
村田邦夫「佐佐木信綱著作目録」『佐佐木信綱歌学著作覆刻選』第一巻、本の友社、一九九四年、佐佐木幸綱校閲
品田悦一『万葉集の発明』新曜社、二〇〇一年
衣笠正晃「一九三〇年代の国文学研究――いわゆる「文芸学論争」をめぐって」『言語と文化』二〇〇四年一月

長島弘明編『言語文化研究Ⅰ　国語国文学研究の成立』放送大学教育振興会、二〇〇七年
小川靖彦『萬葉学史の研究』おうふう、二〇〇七年
衣笠正晃「中世和歌研究と文学史記述――風巻景次郎を中心として」『中世文学』二〇〇七年六月
小川靖彦「「文献」から「書物」へ――佐佐木信綱・小松茂美の萬葉集研究と新たな本文学への道」『国文学　解釈と鑑賞』二〇一一年五月
小川靖彦「願はくはわれ春風に身をなして：佐佐木信綱の萬葉学における「評釈」(『萬葉集選釈』と『新月』)」『青山学院大学文学部紀要』二〇一三年三月
平田英夫「佐佐木信綱と西行」『佐佐木信綱研究』二〇一三年六月
小川靖彦「ゆるぎない〈私〉、やわらかな〈私〉：佐佐木信綱博士の萬葉学における研究主体」『佐佐木信綱研究』二〇一三年六月
盛田帝子「佐佐木信綱像の再構築」『佐佐木信綱研究』二〇一三年六月
今野摩美「佐佐木信綱と英訳万葉集」『佐佐木信綱研究』二〇一三年六月
川野里子「未知の水脈としての佐佐木信綱」『佐佐木信綱研究』二〇一三年六月
小川靖彦『万葉集と日本人』角川選書、二〇一四年
坪井秀人「戦中戦後の跨ぎ方――〈国文学〉教育＝研究の場合」『隔月刊文学』二〇一四年九月
田中康二『本居宣長の国文学』ぺりかん社、二〇一五年
前田雅之「「国文学」の明治二十三年」『幕末明治　移行期の思想と文化』勉誠出版、二〇一六年
浅田徹「佐佐木信綱と近世和歌史」日本近世文学会秋季大会、於信州大学、二〇一六年十一月
島内景二『和歌の黄昏　短歌の夜明け』花鳥社、二〇一九年

主要参考文献

品田悦一・齋藤希史『「国書」の起源　近代日本の古典編成』新曜社、二〇一九年
佐佐木頼綱『コレクション日本歌人選69　佐佐木信綱』笠間書院、二〇一九年
品田悦一『万葉ポピュリズムを斬る』短歌研究社、二〇二〇年
『佐佐木信綱文集』竹柏会、一九五六年
佐佐木信綱『ある老歌人の思ひ出』朝日新聞社、一九五三年
佐佐木信綱『作歌八十二年』毎日新聞社、一九五九年

略年譜

明治五年(一八七二)　一歳(年齢は数え年)

六月三日　伊勢鈴鹿の石薬師村に、佐々木弘綱の長男として生まれる。母は、光子。

明治十年(一八七七)　六歳

十月　弟昌綱誕生。のちに印東家を継ぐ。

この年、松阪に移住する。

明治十一年(一八七八)　七歳

一月　湊町小学校に入学する。

明治十五年(一八八二)　十一歳

三月　父に従って上京した。父弘綱は、信綱の教育のために東京に移ることを決意し、神田小川町に居を定めた。

この年、父の懇望により、のちに御歌所長となる高崎正風に入門することを許される。

明治十七年(一八八四)　十三歳

九月　東京帝国大学文科大学古典科に入学する。小中村清矩、木村正辞の講義を特に傾聴する。

明治十九年(一八八六)　十五歳

四月　国民英学会においてフランク・イーストレーキについて英語を学ぶ。東京英語学校夜間部に入学する。

明治二十一年(一八八八)　十七歳

七月　東京帝国大学文科大学古典科を卒業する。高等学校に進み、大学本科に入学したいという希望があったが、眼を病み、医師に止められたため果たせなかった。
明治二十二年（一八八九）　十八歳
二月　高崎正風より御歌所に入るよう慫慂されたが、辞退した。
明治二十三年（一八九〇）　十九歳
五月　『日本文範』（博文館）刊。
十月　父と共編の『日本歌学全書』（博文館）刊行開始。
十二月　『千代田歌集　第二編』（博文館）刊。第一編は父弘綱選。
明治二十四年（一八九一）　二十歳
六月　父弘綱没、六十四歳。
明治二十五年（一八九二）　二十一歳
四月　『歌の栞』（博文館）刊。
六月以降、『校註徒然草』（東京堂）など古典の校注書八種を刊行する。
明治二十六年（一八九三）　二十二歳
七月　『千代田歌集　第三編』（博文館）刊。
明治二十七年（一八九四）　二十三歳
八月　『支那征伐の歌』（博文館）刊。
九月　母光子没。
十月　『征清歌集』（博文館）刊。

明治二十八年(一八九五)　二十四歳
二月　「勇敢なる水兵」発表。
明治二十九年(一八九六)　二十五歳
二月　藤島正健の娘雪子と結婚する。
十月　『いささ川』(『こころの華』の前身)創刊。
明治三十年(一八九七)　二十六歳
二月　長男逸人誕生。
三月　落合直文・与謝野鉄幹・正岡子規・大町桂月らと新詩会を興す。
九月　『少年歌話』(博文館)刊。
明治三十一年(一八九八)　二十七歳
一月　『続日本歌学全書』(博文館)刊行開始。
二月　石榑千亦、井原義矩らとともに『こころの華』を創刊する。
八月　次男文綱誕生。
明治三十二年(一八九九)　二十八歳
四月　竹柏会第一回大会開催。
明治三十三年(一九〇〇)　二十九歳
六月　先考十年記念歌会を催す。子規の歌「世の中に歌学全書をひろめたる功にむくいむ五位の冠」。
七月　長女綱子誕生。
明治三十五年(一九〇二)　三十一歳

一月　次女弘子誕生。
八月　チェンバレンを箱根に訪ねる。
明治三十六年（一九〇三）　三十二歳
七月　三女三枝子誕生。
十月　第一歌集『思草』（博文館）刊。
十月　中国旅行に出発。唯一の海外体験。
明治三十七年（一九〇四）　三十三歳
二月　帰朝歓迎会開催。以後、「佐佐木」に改姓。
二月　『露西亜征伐の歌』（博文館）刊。
八月　『旅順陥落軍歌』（金港堂）刊。
明治三十八年（一九〇五）　三十四歳
六月　四女富士子誕生。
七月　東京帝国大学文科大学講師となる。昭和六年（一九三一）まで勤める。
十月　高崎正風よりふたたび御歌所に入るよう勧められるが、固辞する。
明治三十九年（一九〇六）　三十五歳
六月　「水師営の会見」を作るため、乃木将軍を訪問する。
八月　三男清綱誕生。十二月に夭逝。
明治四十年（一九〇七）　三十六歳
十一月　五女道子誕生。

この年、森鷗外宅の観潮楼歌会にも出席するようになる。
明治四十一年（一九〇八） 三十七歳
九月 『歌学論叢』（博文館）刊。
明治四十二年（一九〇九） 三十八歳
二月 四男治綱誕生。
三月 『日本歌選 上古之巻』（博文館）、『国民歌集』（民友社）刊行。
明治四十三年（一九一〇） 三十九歳
五月 元暦校本万葉集、発見。
十月 『日本歌学史』（博文館）刊。
十二月 解説を記した『藍紙本万葉集』（槃薄堂）刊。
明治四十四年（一九一一） 四十歳
二月 文学博士の学位を受ける。
四月 『万葉集古写本攷』（竹柏会）、『名家短冊帖』（西東書房）刊。
明治四十五・大正元年（一九一二） 四十一歳
二月 『新謡曲百番』（博文館）刊。
四月 『金鈴遺響』（西東書房）刊。
七月 明治天皇が東京帝国大学卒業式に臨幸した際、『万葉集』の古写本について言上した。
七月 文部省文芸委員会より『万葉集』校本作成を委嘱される。
七月 本郷区西片町に移居。

八月　『梁塵秘抄』(明治書院)刊。

大正二年(一九一三)　四十二歳

一月　西本願寺本万葉集、発見。

九月　『戸田茂睡論』(竹柏会)刊。

十二月　『新月』(博文館)刊。第二歌集。

大正三年(一九一四)　四十三歳

三月　解説を記した『類聚古集』(煥文堂)刊。

大正四年(一九一五)　四十四歳

七月　『和歌史の研究』(大日本学術協会)刊。

十一月　解説を記した『茂睡考』(民友社)刊。

大正五年(一九一六)　四十五歳

一月　東京帝国大学より『万葉集』の校本作成を委嘱される。

六月　来日中のタゴールと横浜で面会する。

十二月　『万葉集選釈』(明治書院)刊。

大正六年(一九一七)　四十六歳

五月　『賀茂真淵と本居宣長』(広文堂)刊。

七月　帝国学士院より『日本歌学史』と『和歌史の研究』によって恩賜賞を授けられる。

十一月　宮内省より御歌所寄人、臨時編纂部委員を命ぜられ、『明治天皇御集』の編纂に従事することになる。

十一月　『増訂日本歌学史』(博文館)刊。

大正八年(一九一九)　四十八歳
五月　解説を記した『古河家本元暦万葉集』(古河家)刊。
十二月　東京帝国大学より『校本万葉集』の出版を許可される。
この年、勲六等を授与された。
大正九年(一九二〇)　四十九歳
六月　先考三十年記念会を、東京帝国大学法学部大講堂にて開催する。上田万年、芳賀矢一、萩野由之らが講演する。
九月　解説を記した『西本願寺本三十六人集抄』(田中氏)刊。
大正十年(一九二一)　五十歳
十月　橋本進吉との共編『南京遺文』(竹柏会)刊。
大正十一年(一九二二)　五十一歳
一月　『明治天皇御集』『昭憲皇太后御集』の編纂が終わったため、御歌所寄人を辞任する。
一月　『常盤木』(竹柏会)刊。第三歌集。
大正十二年(一九二三)　五十二歳
一月　『近世和歌史』(博文館)刊。
三月　『明治天皇御集謹解』(朝日新聞社)刊。
六月　『校本万葉集』、完成する。
九月　関東大震災のため、『校本万葉集』の原稿など、すべて焼失した。
大正十三年(一九二四)　五十三歳

五月　解説を記した『金沢本万葉集』（竹柏会）刊。
六月　『琴歌譜』、発見。
七月　『昭憲皇太后御集謹解』（朝日新聞社）刊。

大正十四年（一九二五）　五十四歳
三月　橋本進吉・千田憲・武田祐吉・久松潜一とともに編集した『校本万葉集』（同刊行会）刊。
五月　解説を記した『御物本更級日記』（竹柏会）刊。
十二月　解説を記した『有栖川王府本元暦万葉集』（竹柏会）刊。
十二月　『百代草』（竹柏会）刊。『校本万葉集』刊行記念。

大正十五・昭和元年（一九二六）　五十五歳
一月　新村出・橋本進吉・武田祐吉・久松潜一とともに編集した『契沖全集』（朝日新聞社）刊行開始。
三月　『天治本万葉集』（竹柏会）刊。
七月　『秘府本万葉集抄』（古今書院）刊。

昭和二年（一九二七）　五十六歳
七月　橋本進吉との共編『南京遺芳』（竹柏会）刊。
九月　岩波文庫の第一巻として『新訓万葉集』刊。

昭和三年（一九二八）　五十七歳
十一月　解説を記した『桂本万葉集』（竹柏会）刊。
十二月　解説を記した『元暦万葉集』（朝日新聞社）刊。

昭和四年（一九二九）　五十八歳

一月　『豊旗雲』(実業之日本社)刊。第四歌集。
昭和五年(一九三〇)　五十九歳
一月　解説を記した『金槐和歌集』(岩波書店)刊。
二月　『佐佐木信綱集』(改造社版『現代短歌全集』第三巻)刊。
三・四月　『白文万葉集』(岩波書店)刊。
昭和六年(一九三一)　六十歳
一月　朝日賞受賞。
三月　東京帝国大学文学部講師を辞す。
三月　『万葉学論纂』(明治書院)刊。
五月　宮中に召されて両陛下に「万葉集に就いて」と題して進講する。
九月　『鶯』(新撰書院)刊。第五歌集。
昭和七年(一九三二)　六十一歳
六月　還暦祝賀記念会が華族会館において催される。六十一名の執筆者による還暦記念論文集『日本文学論纂』(明治書院)刊。
昭和八年(一九三三)　六十二歳
一月　書庫「万葉蔵」成る。
十月　武田祐吉との共編『西本願寺本万葉集解説』(竹柏会)刊。
昭和九年(一九三四)　六十三歳
七月　帝国学士院(後の日本学士院)会員となる。

十月　『明治文学の片影』（中央公論社）刊。

昭和十年（一九三五）　六十四歳

七月　『国文学の文献学的研究』（岩波書店）刊。

十月　『上代文学史』上巻（東京堂）刊。

昭和十一年（一九三六）　六十五歳

五月　『椎の木』（新陽社）刊。第六歌集。

八月　『上代文学史』下巻（東京堂）刊。

昭和十二年（一九三七）　六十六歳

四月　第一回文化勲章を授けられる。

六月　帝国芸術院（後の日本芸術院）会員となる。

昭和十三年（一九三八）　六十七歳

一月　御講書始に「御歴代の御製に拝せらるる御聖徳」について進講する。

昭和十四年（一九三九）　六十八歳

一月　『竹柏園蔵書志』（巌松堂）刊。

昭和十五年（一九四〇）　六十九歳

三月　『英訳万葉集』（岩波書店）刊。

八月　『瀬の音』（人文書院）刊。第七歌集。

十月　『日本歌学大系』（文明社、久曾神昇協力）刊行開始。

十一月　紀元二千六百年祝典に参列する。『列聖珠藻』（紀元二千六百年奉祝会）刊。

昭和十六年（一九四一）　七十歳
　八月　『万葉辞典』（中央公論社）刊。
　十月　『行旅百首』（草木屋出版部）刊。
昭和十七年（一九四二）　七十一歳
　二月　『万葉集研究』第一冊『仙覚及び仙覚以前の万葉集の研究』（岩波書店）刊。
昭和十八年（一九四三）　七十二歳
　四月　『盲人歌集』（墨水書房）刊。
　四月　肺炎に罹る。
昭和十九年（一九四四）　七十三歳
　一月　『伴林光平全集』（湯川弘文社）刊。
　三月　『万葉集研究』第二冊『万葉集古写本の研究』（岩波書店）刊。
　六月　『万葉五十年』（八雲書店）刊。
　十二月　熱海西山に移居する。
昭和二十年（一九四五）　七十四歳
　六月　『美多万能敷瑜《みたまのふゆ》』（竹柏会）刊。
　十一月　『黎明』（八雲書店）刊。第八歌集。
昭和二十一年（一九四六）　七十五歳
　十月　『上代歌謡の研究』（人文書院）刊。
昭和二十二年（一九四七）　七十六歳

五月　『万葉年表大成』（養徳社）、『わが文わが歌』（六興出版部）刊。
七月　『万葉手鑑』（京都印書館）刊。
昭和二十三年（一九四八）　七十七歳
二月　『新訂上代文学史』上巻（東京堂）刊。下巻、昭和二十四年七月刊。
三月　解説を記した『梁塵秘抄』（好学社）刊。
三月　『佐佐木信綱自選歌集』（岡本書店）刊。
七月　『万葉集研究』第三冊『万葉集類歌類句攷』（岩波書店）刊。
十月　妻雪子没、七十五歳。
十一月　『佐佐木信綱全集』の第一巻として『評釈万葉集』（六興出版社）刊行開始。
十二月　『王堂チェンバレン先生』（好学社）刊。
昭和二十六年（一九五一）　八十歳
一月　『山と水と』（長谷川書房）刊。第九歌集。
七月　文部省より文化功労者顕彰状を受ける。
昭和二十七年（一九五二）　八十一歳
八月　「松阪の一夜」を作詞する。
昭和二十八年（一九五三）　八十二歳
五月　『新訂万葉集選釈』（明治書院）刊。
十月　『ある老歌人の思ひ出』（朝日新聞社）刊。
昭和三十一年（一九五六）　八十五歳

一月　『佐佐木信綱文集』『佐佐木信綱歌集』(竹柏会)刊。
六月　『万葉集事典』(平凡社)刊。
昭和三十二年(一九五七)　八十六歳
二月　『心の花』七百号記念号刊。
昭和三十三年(一九五八)　八十七歳
四月　『野村望東尼全集』(同刊行会)刊。
夏頃から、膝関節炎のため、ベッドの上のみの生活となる。
昭和三十四年(一九五九)　八十八歳
五月　『作歌八十二年』(毎日新聞社)刊。
十月　四男治綱没、五十一歳。
昭和三十六年(一九六一)　九十歳
一月　『明治大正昭和の人々』(新樹社)刊。
昭和三十八年(一九六三)　九十二歳
十二月二日　急性肺炎のため、没。

参考文献

『佐佐木信綱文集』(竹柏会、一九五六年)所収「年譜」「編著書目録」
山崎敏夫編『明治文学全集』第六十三巻(筑摩書房、一九六七年)所収「年譜」
『佐佐木信綱歌学著作覆刻選』第一巻(本の友社、一九九四年)所収「佐佐木信綱著作目録」(村田邦夫作成、佐佐木幸綱校閲)

図版出典一覧

図1『佐佐木信綱先生とふるさと鈴鹿』（鈴鹿市教育委員会、一九九〇年）
図2 日本古典文学大系4『万葉集 一』（高木市之助・五味智英・大野晋校注、岩波書店、一九五七年）
図3 日本古典文学大系3『古代歌謡集』（土橋寛・小西甚一校注、岩波書店、一九五七年）
図4 日本古典文学大系20『土左日記 かげろふ日記 和泉式部日記 更級日記』（鈴木知太郎・川口久雄・遠藤嘉基・西下經一校注、岩波書店、一九五七年）
図5『明治文学の片影』（中央公論社、一九三四年）
図6『校本万葉集』（岩波書店、一九三一年）
図7『国文学の文献学的研究』（岩波書店、一九三五年）
図8『英訳万葉集』（岩波書店、一九四〇年）
図9『万葉集品物図絵』（日本古典全集刊行会、一九二九年）
図10『万葉集品物図絵』（日本古典全集刊行会、一九二九年）

後記

ささやかな本ではあるが、それなりの年月を経て完成させたものなので、再校を終えてみて、少しばかりの感慨はある。

信綱の学問的な業績を、その著述を読解しながら辿ってみると、なんといっても圧倒されるのは、本文発見に対する情熱である。元暦校本を見付けた時、夢ではないかと思いながら、一枚ずつめくっていくと、「ぱりぱり」と音がした、枚数を調べて書きとめて、同行した家従のそれと引き合わせて、ぴったり合った時の喜びは譬えようもない（原文は五八頁を参照されたい）、というような描写に接すると、信綱の執念が伝わってきて、厳粛な気持ちにさせられる。そのような先人の努力によって、今日わたしたちは古典を当時の状況に極力近い形で味わうことができるのだ。そんなところを読者にも感じていただけるとうれしい。

他にも、発見した諸本に基づいて良質な本文を提供しようとしたこと、ジャンル意識を明確にしつつ和歌史を構築したことなど、いくつもの価値ある業績に触れていただけるとありがたい。

あるいは、たゆみない努力のすさまじさを感じていただくのでもよい。人間はこんなにも努力できるのだ。

私も研究者の一人として、「学問は、すべて研究そのことが目的である」（四七頁）ということばにおおいに勇気付けられた。調べたり、考えたり、文章を書いたりする、それ自体は楽しいのだが、それに意味があるのかと自問してみると、とても苦しい。しかし、信綱のこのことばによって、やっていることそれ自体に意味があるのだと諭されているように思われ、救われた気持ちになる。

なお、本シリーズ「近代「国文学」の肖像」は、信綱の他にも、芳賀矢一、藤岡作太郎、窪田空穂、高木市之助の業績について取り上げていく予定である。読者諸賢のご支援を賜れれば幸いである。

二〇二一年正月

鈴木健一

鈴木健一

1960年生まれ.
1988年東京大学大学院博士課程単位取得退学. 博士(文学).
現在　学習院大学文学部教授.
著書　『近世堂上歌壇の研究』(汲古書院, 1996年, 増訂版2009年)
『江戸詩歌の空間』(森話社, 1998年)
『江戸詩歌史の構想』(岩波書店, 2004年)
『古典詩歌入門』(岩波テキストブックス, 2007年)
『江戸古典学の論』(汲古書院, 2011年)
『古典注釈入門　歴史と技法』(岩波現代全書, 2014年)
『天皇と和歌　国見と儀礼の一五〇〇年』(講談社選書メチエ, 2017年)
『不忍池ものがたり――江戸から東京へ』(岩波書店, 2018年)ほか

近代「国文学」の肖像　第3巻
佐佐木信綱 本文の構築

2021年2月17日　第1刷発行

著　者　鈴木健一《すずきけんいち》

発行者　岡本 厚

発行所　株式会社 岩波書店
〒101-8002 東京都千代田区一ツ橋2-5-5
電話案内 03-5210-4000
https://www.iwanami.co.jp/

印刷・精興社　製本・松岳社

ISBN 978-4-00-026978-0　　Printed in Japan

近代「国文学」の肖像

全5巻

安藤 宏／鈴木健一／高田祐彦 編

A5判　176頁　各巻本体3000円

第1巻　**芳賀矢一**　佐々木孝浩 著
「国文学」の誕生

第2巻　**藤岡作太郎**　陣野英則 著
「文明史」の構想

*第3巻　**佐佐木信綱**　鈴木健一 著
本文の構築

第4巻　**窪田空穂**　田渕句美子 著
「評釈」の可能性

第5巻　**高木市之助**　高田祐彦 著
文藝論の探求

（*は既刊）

岩波書店刊

定価は表示価格に消費税が加算されます
2021年2月現在